城市之光

CHENG SHI ZHI GUANG

范小青

长篇小说系列

FAN XIAO QING

人民文学出版社

图书在版编目(CIP)数据

城市之光/范小青著.—北京：人民文学出版社，2015
（范小青长篇小说系列）
ISBN 978-7-02-010995-1

Ⅰ.①城… Ⅱ.①范… Ⅲ.①长篇小说—中国—当代 Ⅳ.①I247.5

中国版本图书馆CIP数据核字(2015)第120640号

责任编辑　包兰英
装帧设计　陶　雷
责任印制　史　帅

出版发行　人民文学出版社
社　　址　北京市朝内大街166号
邮政编码　100705
网　　址　http://www.rw-cn.com

印　　刷　北京季蜂印刷有限公司
经　　销　全国新华书店等

字　　数　135千字
开　　本　680毫米×1000毫米　1/16
印　　张　11.75　插页3
印　　数　1—5000
版　　次　2016年10月北京第1版
印　　次　2016年10月第1次印刷

书　　号　978-7-02-010995-1
定　　价　28.00元

如有印装质量问题，请与本社图书销售中心调换。电话：010-65233595

第 1 章

田二伏是田家岭村的一个青年农民,他喜欢听电台的节目,人家看到他的时候,他不是在劳动,就是在听广播,但是他的父亲田大爷不大喜欢儿子老是拿着一只收音机那种样子,他觉得那样有点像浪荡子。田大爷说,我们田家的人从来都是勤勤恳恳劳动的。

这时村里有一个人走过他们家门口,他本来已经走过去了,但后来又退了回来,他站在门口看了看田二伏,问道,田二伏,今天的天气预报听了没有?

听了。

天气怎么样?

今天多云,田二伏说,最低气温……

气温不要的,这个村里人说,我要上街,不下雨就不用带伞了。

村里人走了以后,电台里又播天气预报了,这是今天的第二次预报,播音员说,今天多云转阴,有阵雨。

哎呀,哎呀,田二伏有点着急,他去追那个村里人,他在背后大声地喊他,喂,喂,你等一等。

村里人听到田二伏的喊声,便停了下来,回头看着田二伏奔过来。

天气预报又报了,田二伏奔过来的时候稍有些气喘地说,今天要下雨的。

下雨？村里人抬头看看天,这天会下雨吗？

天气预报报的,可能会下雨的。

噢噢,村里人说着仍然沿着田埂往街上的方向走。

咦,田二伏说,你不回去拿伞了？

不去了,村里人说,这天我看不会下雨,就算下雨,也下不大的,就算下大了,我可以在街上躲一躲再走。再说了,就算不躲雨也不要紧,我不怕雨淋的。

他边说边向田二伏挥了一下手,就走了。田二伏有些遗憾地看了看他的背影,便回家去了。走到家门口的时候,田二伏听到母亲在说话,田二伏的母亲平时不大说话,有点闷闷的,但是这一天她却说话了。她说,二伏的年纪也不小了,该去说个人家了,不要把大事情给耽误了。

田二伏的父亲想了想,觉得也对,那就去说个人家吧,他说。

这个事情媒人其实早就帮他们想好了。我手里有好几个,媒人说,你要哪样的？

田二伏的父亲也不晓得应该要哪样的,他不大好回答这个问题,他就说,你先说说看。

媒人说了一个马尾巴村的马小翠,她说了马小翠各方面的情况。田二伏的父亲听了,心里满意,便点了点头。媒人笑了笑,田老大你倒蛮好说话的,她说,人家都要挑三拣四,你是拣在篮里就是菜了。

不就是吗。田大爷说。

媒人又看了看田二伏,她向他笑了笑,说,二伏呀,你觉得马小翠怎么样呢?

田二伏的脸红了一下,他很想说好的,但是他的父亲抢在他的前面说,不要问他,他只知道那个东西。田大爷指指田二伏手里的收音机。

嘿嘿。

田二伏有点不好意思,他的收音机声音有些沙哑,但并不妨碍收听。电台的节目很丰富,田二伏经常听生活热线节目,有时候也听听情感世界之类的节目。听这种节目的时候,田二伏会把音量开得低一点。生活热线节目经常是由一个女主持人主持的,她的声音很好听,有的时候也会换一个男主持人,田二伏觉得他也不错,他们都是很亲切的。

村里的人有时也跟着田二伏一起听听,说的什么呢,他们听了听,说,噢,是些乱七八糟的东西,劳务市场上有保姆,商品房交易,出售旧自行车,饭店的订座热线,招聘光电工程师。这样的事情对他们是没有用的,这是城里人的事情,等于是广告呀,他们说。

经常有听众打热线电话给主持人,田二伏也很想打一次热线电话,但是他家里没有电话。在田家岭村,支书和村长家有电话,还有田二伏的堂叔田远富,他家里也装了电话,不过他在城里工作,平时很少回家。而且田二伏也还没有想好,就算他可以打电话,他到底要说哪一件事情,因为他想说的话很多,到底选哪一个话题去说,他反而是没有主张的。

后来媒人就到马小翠家去了,她说了说田二伏的情况,马小翠的父亲听了,也没觉得有什么不好的,事情就这样定下来了。

接着田二伏的父亲带着田二伏到马小翠家去。那个村子的人都到马小翠家来看田二伏。

嗨,马小翠说,你是田二伏,在学校里我见过你。

我比你高两级,田二伏说。

原来他们是认识的。

到了端午节的时候,田二伏的母亲叫田二伏给小翠家送粽子,田二伏去的时候,碰到村里的人,他们说,二伏啊,给丈母娘送粽子呀。

嘿嘿,田二伏说,跑一趟。

好日子定了没有呢?他们问。

定了,新年头上,正月初三,田二伏说。

你就闭着眼睛等好日子吧,他们说。

田二伏来到小翠家,他把粽子拿到灶间交给小翠的母亲,小翠家的堂屋里坐着几个人,他们是村里的干部,正在小翠家喝酒。

小翠不在家,小翠的母亲对田二伏说,你到桌上去坐,你去和他们一起喝喝酒。

我不大会喝酒的,田二伏说,喝了要醉的。

练练,小翠的母亲说,男人总要喝点酒的,做新郎官的时候,人家不会放过你的。

嘿嘿,田二伏说,不过我也不是一点不能喝的,就是喝了脸红。

脸红不要紧的,小翠母亲说,喝酒脸红的人是好人,老实人。

人家也这么说的,田二伏说。

小翠的母亲引着田二伏到客堂间来,小翠的父亲看见了他,向他点了点头。

来了。

来了。

坐吧,小翠的母亲拉出一把凳子,田二伏不大好意思坐,脸红红地僵了一会儿,后来还是坐下了。

小翠的父亲对村干部和田二伏说,这是田二伏,这是村干部。

村干部也向田二伏点点头,田二伏就坐下了,他们给他加了一副碗筷,加了一只小酒杯,也斟上了酒。田二伏喝了一口,觉得很辣,他吐了吐舌头,脸就红起来,幸好没有人注意他,他们都在喝酒,说话。

马文林的病,看起来一会儿半会儿好不了,一个村干部说。

支书躺在床上做支书了,另一个村干部说。

人呀,小翠的父亲呷了一口酒说,人有时候是很禁不起的,那天,我是眼看着马文林这么摔了一跤,也不重的,就这么瘫了……

负责斟酒的人看到田二伏的杯子空了,就想给他加一点,田二伏说,我不能喝了,我不能喝了,他边说边想用手捂住杯子。

那个人笑了笑,仍然给他加了酒。

他们继续在谈那件事情,小翠的父亲说,医生怎么说的?

医生也说不准,一个村干部说。

田二伏一直听着他们说话,在他们停息的时候,他说,推拿可以治疗瘫痪的。

有一个村干部看了看他,但是没有说什么。

乡里也没有什么说法噢,一个村干部说。

那天张书记看见我,问过的,另一个村干部说,也没说别的,只是问了问。

也可以针灸,针灸效果也很好的,田二伏又说。

小翠的母亲端了一盘热菜上来,她叫田二伏多吃菜。又说,小翠这死丫头,上街去到现在还不回来。

没事的,我可以等等的,田二伏说,有一个针灸医生,可以打热线电话给他。

小翠的母亲看到田二伏的脸红了,她笑了笑。

田二伏又转向村干部,他说,我有他的电话号码。

谁的?

那个针灸医生,田二伏说。

噢。

你们这里有没有电话,田二伏说,有电话我可以帮你们打一个电话。

他们向田二伏笑了笑,又稍微地举了举杯,喝了杯中的酒,田二伏也跟着他们一起举了举杯,也喝了。负责斟酒的人又给每个人加满了,给田二伏也加了,田二伏以为小翠的父亲会阻挡一下,或者叫他少加点的,如果是那样,田二伏就说,不碍事的,你们不要看我脸红,以为我不能喝,其实我的酒量还可以的。但是小翠的父亲并没有阻挡,也没有叫那个人少加一点,所以田二伏也不好说出来。

王坤林家的那块老宅基,好几个人都在动脑筋,一个村干部说,马三、马六、伟民……

哪个伟民?另一个村干部说,是不是苟阿土家的老二?

就是二狗子,一个村干部说,现在大名叫伟民了。

马三盯得最紧,小翠的父亲说,到我这儿也跑了几回了,我跟他说,你跑我这儿没有用的。

这事情不大好弄,一个村干部说,到最后要闹矛盾的。

一个女人走到他们的门口,向里边看了看,小翠的父亲说,子平他妈,你有事?

小翠的母亲也走出来,向这个女人打招呼。

这个女人犹豫了一下,她看了看田二伏,小翠不在啊?她说。

上街去了,小翠的母亲说,到现在也不回来,二伏等她好一会儿了。

这是你们家女婿?女人又看了看田二伏。

小翠的母亲笑了笑,也朝田二伏看看,又朝田二伏招招手,田二伏走到门口,这样两个女人都能更清楚地看到他了。

一表人才的,这个女人很真心地说,丈母娘看女婿,越看越欢喜。

进来坐坐,小翠的母亲说。

不了,这个女人的神色里有一些奇怪的东西,我看看子平在不在你家,他没来过?

没有,小翠的母亲说。

那我就走了,她说。

小翠的母亲有些奇怪地看着女人走远去。

子平是不是叫马子平?田二伏说。

是马子平,小翠的母亲仍然看着女人的背影,她发胖了,她说。

噢,是我的同学,田二伏很高兴地说,我们是同班同学。

屋里的村干部又喝了一会儿酒,有一个人站起来要走了,他向田二伏点了点头,就走了。

另外两个村干部又喝了几杯酒,也要走了,他们走到门口的时候,一个人向另一个人说,你说针灸能不能治瘫痪?

也可能的,另一个人说。

他们一边说一边走了出去。

小翠的母亲来收拾碗筷,她看了看墙上的钟,田二伏也看了看墙上的钟,要不,我就先回去了,田二伏说。

小翠怎么搞的,小翠的母亲说。

有空来啊,小翠的父亲说。

田二伏走在乡间的田埂上,正是春末夏初的时候,田野里的景色十分美丽,田二伏的心情也很好,他一边走一边听生活热线节目,主持人热情地告诉听众,如果您想亲手烹制一道精美的菜肴,请拨打1688688,生活热线为您出谋划策。

嘿嘿,田二伏心里笑了笑。

迎面走过来两个人,田二伏一看,一个是小翠,另一个正是他的同学马子平。小翠向田二伏扬了扬手,嗨,田二伏,这个人你认得吗?

怎么不认得,田二伏说,马子平呀。

马子平与田二伏握了握手,田二伏笑起来,马子平,他说,刚才你妈到小翠家找你的。

我们上街去了,小翠说。

我晓得的,田二伏说,你妈说的。

田二伏,小翠说,你来干什么?

给你家送点粽子,田二伏说。

端午节了,马子平有些感叹地说,日子过得真快。

马子平现在在城里做事,小翠说。

噢,噢噢,田二伏点了点头。

瞎混混,马子平说。

你有出息的,田二伏说,在学校的时候,大家就说你以后会有出息的。

这条围巾漂亮不漂亮？小翠扯了扯脖子上的围巾,子平送给我的,是真丝的。

田二伏看了看围巾,觉得确实很好看。好看的,他说。

他们站在田埂上聊了一会儿,眼看着太阳也要西下了,他们就互道了再见,田二伏往南走,小翠和马子平往北走了。

田二伏回到家,母亲问了问小翠家的情况,田二伏说了喝酒的事情。母亲看他的脸很红,有点担心。你不会喝酒的,母亲说。

我会喝的,田二伏说,我喝了十几杯,他们都说我酒量大的。

事情没做起来,吃吃喝喝已经会了,父亲说。

吃过晚饭,田二伏到村里的小店去买电池,小勇和桂生也在小店那里。小勇给田二伏发了一根烟,他们抽着烟,烟雾在小店门前的灯光里飘来飘去。你们说什么呢,田二伏问小勇,小勇只是笑了笑,桂生吭哧吭哧地说,田二伏,我们想出去。

到哪里去？

城里。

干什么？

打工。

咦,田二伏想了想,到城里去打工？为什么？

咦,小勇说,什么叫为什么？

咦,田二伏又想了想,你们去做什么呢？

什么都可以做的,小勇说。

不知道城里的活多不多,桂生看了看小勇,他看上去有点担心,会不会到了那里找不到工作？

不会的,田二伏说,城里的活很多的,建筑工地,饭店里,建材市场,他们都招人的,还有宾馆。

宾馆干什么,桂生说,做服务员吗?

做保安,田二伏说,穿警察制服的。

那不是警察制服,小勇说,是保安制服。

是的,田二伏说,是保安制服,看起来蛮像警察制服的。

有没有枪?桂生说。

没有的,田二伏说,可能会有警棍。

电警棍吗?

不可能的,电警棍只有警察可以用,田二伏说,别人不可以随便用的。

那是普通的警棍,桂生说。

就是一般的棍子,小勇说。

还有许多工作呢,田二伏说,我笔记本上都记着的,不过我没有带在身上,要不要我替你们拿来看看?

不用了,小勇说,我们自己会去找工作的。

他们又抽了一根烟,桂生说,田二伏你去不去?

咦,咦咦,田二伏笑了笑。

田二伏要谈对象的,小勇说。

咦,田二伏说,不是的。

你不喜欢城里吗?桂生说。

喜欢的,田二伏说,城里很方便的,要修电视机,打个电话人家就上门来修了,不要自己搬过去的。

他们一起离开小店,天已经很黑了,桂生用电筒照着歪歪扭扭的小路。小勇说,我们过两天就走了。

噢,田二伏说。

过了两天小勇和桂生他们真的走了。田二伏在田里劳动,他看见小勇和桂生都背着一个背包,走在田埂上。田二伏喊了他们,他们回头向田二伏挥挥手,他们是朝着东边走的,太阳正好升起来,田二伏眯着眼睛看他们走远去,他又埋头劳动了。

后来田二伏的堂叔田远富从城里回来了,田二伏在村口碰见堂叔的时候,他一下子没有认出来。田远富穿着西装,他拍了拍田二伏的肩,你不认得我了?

认得的认得的,田二伏说,你一说话我就认出来了。

我是变样子了噢,田远富说,有时候我照照镜子,自己都觉得不像我了。

你像个干部,田二伏说。

一个人待在外面的时候,心里老是想家,心里老是放不下,田远富说,总想回来看看。

他们正在说话的时候,村支书也过来了,他老远就向田远富打招呼致意,走到田远富身边,支书赶紧往外掏烟。田老板啊,听说你回来了,我就来看你了,支书说。

田远富伸出手去和支书握了握,并且挡住了支书的烟。抽我的,抽我的,他说。他把烟又递给田二伏,你也来一根。

嘿嘿,田二伏看了看,我平时一般不大抽的。

男人不抽烟,像女人长胡子一样难看,田远富笑着说。

他们都笑起来,田二伏就拿了一根。他看了看烟丝,烟丝是嫩黄的颜色,这是好烟,他说。

田老板,支书热情地盯着田远富,你是荣归故里。

我回来随便看看,田远富说。

你光宗耀祖了。

哪里哪里,田远富说,人总是想着家乡的呀。

是呀是呀,我们这里出去的人,对家乡都很好的,支书说,你们在外面发了财,做了大事情,都不忘记家乡,都很支持家乡的。你看那边那座桥,是周小保捐款造的,就叫小保桥。还有,东面那条机耕路,是李二出钱修的,叫李二路。我们有个规定,谁出资建的,就以谁的名字命名。

嘿嘿,田远富说,若是我出资,就叫远富什么了。

就是的,就是的,支书说,比如你资助我们的小学,就可以叫远富小学了。

小学是我堂叔的母校呢,田二伏说,我堂叔肯定是要关心的。

田远富也是承认这样的说法的,是的呀,他说,说起学校,我倒是很想了解了解的,我们的小学现在怎么样了?

小学嘛,怎么说呢,支书好像一时无从说起的样子。不如这样,支书说,我陪你到学校去看看,指导指导。

也好的。

他们就一起往小学里去了。路上,田远富又继续说了,人为什么穷,你们知道吗?他回头看看田二伏,再回头看看支书,为什么穷呢?就是因为不重视教育呀。

是的是的。

什么什么什么嘛,什么什么什么嘛,田远富一直在说。

是的是的。

田远富又递了一根烟给支书,支书说,远富,你现在像个干部。

我也觉得,田二伏说。

怎么说呢,田远富笑了笑,人有了钱,就要有点责任感,人有了责任感,可能就像个干部了。

他们一路碰到村里的人,田远富和他们点头打招呼,有的人认出他,有的人认不出他,以为他是干部。检查工作,他们说。

不会的吧,检查工作怎么田二伏也跟在旁边呢,另一个人说,田二伏又不是干部。

小学里正在上课,每个教室里都传出老师哇啦哇啦的声音,有一间教室的学生在唱歌,另外有一班学生在操场上上体育课,他们看到有人进来,就回过头来看,有几个学生说,支书,支书。

体育老师正在指导学生跳山羊,他们没有山羊,是拿学生来做山羊,让一个学生弯下腰,两只手撑在自己的膝盖上,其他的学生排着队,从远处奔过来,两只手往他的腰背上一撑,两腿张开,就跳过去了;也有的学生跳不过去,结果他和那个做山羊的学生就一起倒在地上,滚做一团,其他学生都笑起来。体育老师骂了他们,笨蛋,他说,真笨。

摔下来的学生撩起自己的裤腿,膝盖上有一团红红的印子,他笑了笑,啊呀哇。

田二伏看着也笑起来,要是有护膝就好了,他说,体育用品商店里卖的那种,套在两个膝盖上,起保护作用,运动员都用的。

体育老师看了看他,翻了一个白眼。

或者去买真的鞍马来跳,就不容易跌倒,田二伏这话是对着田远富说的,但是体育老师仍然翻了他一个白眼,不过他们没有看见。

田远富对学校的情况是不满意的,他对支书和校长摇摇头,这样不行的,这样不行的,他说,这里的条件太差,支书哎,还有校长哎,你们对教育不够重视啊。

我们重视的呀,支书苦着脸说,可是没有钱呀。

钱算什么,田远富有点激动,他说,知识才是最重要的,有知识就会有钱,反过来,有钱并不一定有知识,知识是钱买不来的。

是的呀是的呀。

你看看,这个操场,什么什么什么,你再看看,这几间教室,什么什么什么……

是的呀是的呀。

这么说了几句,田远富就要走了,走了几步,他又回过头来挥挥手,向他们道别。支书和校长都愣愣地望着,看到田远富挥手,他们才想起也应该举一举胳膊的。

走出学校的时候,田二伏说,其实,其实……

什么?

其实支书和校长,还有老师他们,田二伏说,都以为你要赞助学校。

赞助,那也不是什么了不起的事情,田远富说,其实问题的关键不在于给几个钱,关键在于思想上的重视……

有人从对面经过,看到他们,就问,田二伏,你家里来亲戚了?

咦,他是我远富叔呀。

这个人再看了看田远富,他看出来了,哎呀呀,我都认不出来了,他说,到底不一样了,听说你在城里开卡拉OK?这个人说着又看了看田二伏,田二伏你要走了吧?

到哪里去?

咦,这个人说,你远富叔肯定会带你去发财的。

我没有。

这个人笑了笑,就走过去了。

田远富回头向田二伏看看,说,二伏,谈对象了没有?

嘿嘿。

什么是嘿嘿,谈没谈?

谈了。

哪里的?

马尾巴村的马小翠。

这么急干什么?

嘿嘿。

嘿嘿,田远富也笑了笑,拍了拍田二伏的肩,不如跟我到城里去,打打工。

好的呀,田二伏说,城里好的,小勇他们也到城里去了。

田二伏下晚回去,田大爷不在家,田二伏就和母亲说了说打工的事情,母亲正在灶前烧火,她听了田二伏的话,抬起头来看了看他,灶火把她的脸映得红红的。你想去吗?母亲问。

我,田二伏想了想,去也好的,他说。

那就去。

城里到底好的,我喜欢城里,田二伏说。

田二伏打开收音机听节目的时候,母亲又说,你假如要去,小翠那里要去和她说一说的。

什么?田二伏没有听清母亲的话。

小翠,母亲说。

后来田二伏的父亲回来了,跟他一起进来的还有田二伏的大嫂。田大爷气鼓鼓的,而田二伏的大嫂呢,也有点气的样子,还有点神秘兮兮。他们把田二伏的母亲叫到里屋,叽叽咕咕了一会儿,又出来了,田二伏也没有注意到他们的脸色不好看,他正在听生活热线节目,他在自己的笔记本上记下一个电话号码,这是一个肿瘤专家的电话。他父亲说,你现在用功也来不及了。

我不是用功,田二伏说,我记一个电话号码。

田大爷坐在矮凳上,脸色阴郁地抽着烟。

我问你,田二伏的嫂子说,小翠和你说的什么?

什么,田二伏有点摸不着头脑,小翠什么?

你呀你,大嫂指了指他的头,小翠跟人家跑了。

跑了？跑到哪里去？

哎呀,他的大嫂说。

那天下晚小翠的父母亲来了,甚至马子平的母亲也跟着来了,他们都骂了小翠,也骂了马子平,都检讨自己的问题,马子平的母亲甚至哭了起来。小翠的母亲很不高兴地对她说,你哭什么呢,又不是你家媳妇跟人家跑了。马子平的母亲说,我对不起你们呀,所以我伤心呀。他们就这么在田二伏家里哭哭闹闹,觉得很对不起田二伏,他们都眼巴巴地看着田二伏,好像在等候田二伏发火,但是田二伏没有发火。他说,也没有什么的,也没有什么的。

他们又惊又喜,但是又不敢相信。

你倒想得通,田大爷说。

我想得通的,田二伏说,做生意的人签协议书也是这样的,开始大家都觉得可以这样做的,就签了合同,但是也可能后来他们的思想和看法会发生变化,所以协议书也是可以更改甚至撕毁的。

他们都微微地张着嘴,因为他们对田二伏说的话反而有点想不通了。

田二伏蛮会说话的。

田二伏蛮大气的。

小翠不要田二伏,真是不识人的,马小翠的母亲甚至这么想。

他们这样想着,渐渐地松了一口气。他们开始觉得可以走了,但是又吃不准是不是真的可以走了。所以他们一边继续关注着田二伏的脸色,一边慢慢地往门口退去,他们是每走一步都很小心的那种样子,好像随时准备着有人要叫他们停下来,但是一直没有人叫他们停下来,他们慢慢地就走远了。

田大爷看着他们走远。

他们就走了,他说,他们就走了?

田远富走过的时候,正好和小翠的父亲他们交叉而过,他并不认得小翠的父母们,但是他很客气地向他们点了点头,打个招呼,好像是老熟人一样。走啊,他说。

走了。

他们有点仓促地走了,田远富想,咦,他们没有认出我来。

田大爷一直站在门口,他有点发愣,直到田远富走到他的眼前了,他还没有注意到呢。

哥哥啊,田远富说,你在想什么心思呢?

啊啊,田大爷这才回过神来,啊啊,你来了。

我不进去坐了,田远富说,我在村里走走,看看大家,你叫二伏准备好啊,他一边说着一边就走过了田二伏家。

田大爷心里一直是闷闷的,他们叫他吃晚饭,他也不想吃。不吃,他说,小翠都跑了。

喔哟哟,田二伏的大嫂说,跑了就跑了呀,小翠有什么好的。

小翠有什么不好的,田大爷说,他看了看准备吃饭的田二伏,气不打一处来,你这个人。

田二伏的收音机里正在播广告,广告说,时代家具,典藏唯美意向,意蕴居家内涵。

什么呀,田二伏的大嫂说,什么呀。

田二伏是听懂了的,他想解释给大嫂听,但是田大爷阻止了他,田大爷说,你远富叔叫你做什么呢?

什么?

你远富叔叫你准备好什么呢?

噢噢,田二伏说,远富叔叫我跟他去打工。

你要去吗?

我要去的。

田大爷生气地看了看他,小翠都跑了,田大爷说,小翠都跑了。

田二伏觉得父亲的这句话不太好理解,他就没有吭声。

这样田二伏就跟着堂叔田远富走了,他走的时候,父亲坐在堂屋里抽烟,母亲在灶间烧锅,等母亲出来的时候,他们已经走远了,母亲眯着眼睛,看到田二伏的背影已经很模糊了。

田二伏走在路上,前一些日子,他看到小勇和桂生他们也是沿着这条路进城的。

有两个村里人从对面走过,他们向田二伏和田远富打招呼。

田二伏进城打工了,其中的一个人对另一个人说。

第 2 章

田二伏现在是新潮歌舞厅的保安了,他穿了制服,腰里系一根皮带,他照了照镜子,镜子里的这个人很神气。田二伏甚至有些难为情,这样不像个农民了呀,他想。但他心里是很满意的,他笑了笑,就走出去上班了。

上班是从下午开始的,因为歌舞厅上午不营业。下午一点以后,就会有人来了。下午来的人,不怎么热闹,用包厢的也不多,他们一般就是跳跳舞,在大厅里唱几首歌,也没有起哄的。有经验的人说,下午一般是同学聚会,或者单位的同事约好了来庆祝什么的,这样比较文雅,所以保安的任务就轻松些。像田二伏这样,他只要在大厅的四周走几圈。歌舞厅的灯光比较暗,他刚来的时候,什么都看不清楚,以后时间长了,就适应了一些,能够在昏暗的灯光下看清一些东西。按照规矩,保安和服务员是不能坐的,有的时候,下午下雨了,或者正赶上淡季,一个下午也没有客人来,就算这样,他们也是不允许坐下的,这样他们这些人也就练出了好腿功。只是在刚开始的时候,站得腿都发肿,有的人甚至从腿一直肿到脸了,说出来人家也不相信。有人问,你的脸怎么肿了?告诉他站肿的,人家就会笑,你是用脸站的吗?腰也像断了一样,背也像断了一样,但是再后来就习惯了,习惯站着了,坐下来反而觉得憋得慌。这是比田二伏早来歌舞厅工作的人告诉田二伏的,但是田二伏不相信,怎么会呢,他想,坐着总比站着好呀。不过现在田二伏还没有尝到这种滋味呢,他刚刚来到歌舞厅上班,什么都是新鲜的。田二伏头一天上班是一个下午,人很少,他们坐在大厅的椅子上,围了一小圈,点了一些茶水和小吃,低低地说话。田二伏就这么转了几个圈子,努力地适应在昏暗的灯光下看东西。

小姐,点一首歌。

小姐,加茶水。

其间有人这么叫过一两次,声音是低沉的,低沉到几乎没有。但因为歌厅里很安静,所以小姐听得见。小姐过去办好了,就再也没有其他事情了,他们唱歌也唱得不多,总共好像只唱了两三首歌。

咦,咦咦,田二伏想,这样就能拿工资了?

晚上会忙起来的,其他人说。

后来就到了晚上了,晚上果然和下午不大一样,他们许多人是喝了酒来的,醉醺醺,吆吆喝喝的。

喂,叫你们老板来。

喂,给我最好的包厢啊。

喂,要漂亮的小姐啊。

不漂亮不付钱的啊。

他们东倒西歪的,看见小姐就要动手动脚,弄得歌厅里这里尖叫一声,那里尖叫一声。

下作得来。

野蛮得来。

她们叽叽喳喳地说，因为灯光的关系，田二伏看不清她们脸上的表情，听她们的声音是很气愤的，是受了欺负的样子。后来他就过去了，他去对这个人说，喂，你想干什么？

这个人乱动的手还举在半空中，他的嘴微微地张着，呆呆地看着田二伏，好像没有听见田二伏说的什么。

田二伏有点生气了，他以为这个人是在装傻，所以他的嗓门抬高了一点，他说，请你注意啊，这里是公共场所，手脚规矩一点啊。

手脚规矩一点，这个人重复了一遍田二伏的话，但是好像仍然没有弄懂，手脚规矩一点吗？你什么意思？你是干什么的？

你欺负我们的小姐，田二伏说，我是来管你的。

接下来的事情是田二伏没有意料到的，因为所有的小姐都喷出一大股笑声来，她们笑得弯下腰，又直起来，直起来，又弯下去。

啊哈哈。

咦嘿嘿。

但是这个人却不笑，他盯着田二伏，你想干什么？你想打架吗？

啊哈哈。

咦嘿嘿。

你想打架，这个人说，我们出去摆场子。

哎呀，一个小姐拉住他的手臂，老板哎，别理他啦，他拎不清的。

先生呀，别跟他一般见识啦，另一个小姐拉住他的另一条手臂，她说，他乡下刚刚出来，老土！

她们这么将他拉来拉去，他的气也消了，算了算了，他说，看在小姐的面子上。

小姐又去推开田二伏,你走开吧,她们说,你走开吧。

咦,田二伏说,我来帮你们的,你们倒这样。

啊哈哈。

咦嘿嘿。

小姐们又笑了,然后她们就不理田二伏了,她们继续做她们的工作,因此歌厅里仍然是这里尖叫一声,那里尖叫一声,然后是说:

下作得来。

野蛮得来。

现在田二伏知道她们没有不开心,她们有这样的声音恰恰证明她们是开心的,田二伏以后还会知道得更多一些,比如说,就算小姐真是不开心了,这事情也不归田二伏管,这不是他的职责范围。总之现在田二伏还刚刚开始在这里工作,一切对他来说还都是陌生的,甚至有时候他偶尔在墙上的大镜子里看到自己,也许是因为灯光昏暗的关系,他会一愣,觉得碰到了一个熟人了,但是一时想不起来是谁,后来才想起来,原来就是我自己呀。

晚上来的客人好像不大喜欢多说什么,他们坐下来就要唱歌的,因此点歌的单子一张一张像雪片一样飞起来,小姐来来往往地穿梭也来不及。

快点,小姐。

怎么这么慢呀?

我们点了半天也没有轮上,你们的生意怎么做的。

小姐像蝴蝶一样飞来飞去,给生气的客人送去些活泼。对不起,先生,对不起,老板,她们笑眯眯地微微弯着腰站在他们旁边,有些客人会看在她们的面子上,看在她们美好的身段和微笑的面容分上,消了火气,耐心地等待,反正他们也不会空着闲着的,他们仍然喝着酒,啤酒,红酒,洋酒。因为他们在晚餐的时候已经喝过,现在再喝,就容易过量,过了量,事情就好办了,这是歌舞厅老板最开心的事情,因为如果他们真的喝多了,反而会觉得自己的酒量很大很大,这点酒算得了什么,如果再有小姐说,先生啊,您少喝点吧,身体要紧,他们就会再要一瓶。

先生啊,您不能再喝了。

谁说我不能再喝?

你瞧不起我呀?

于是他们又喝了,点的歌甚至都可以不要唱了,这时候如果他们再邀请小姐陪他们一起喝,那就更理想了,小姐好像是机器人做的,喝不醉,喝不倒,也不像他们这些人喝一点酒就满身的酒气,酸胖气,小姐是兰心蕙质,喝多少酒,身上也只有脂粉的香气,但是酒是眼见着一瓶浅了,更浅了,没了,再换一瓶,浅了,更浅了,又没了。

一般在大厅里就是这样的情况,这是田二伏的管辖范围,包厢的情况他不太清楚,有时候包厢的门打开了,小姐送吃的喝的进去,田二伏无意地看一眼,也看不太清里边的什么,有一次包厢里有一个人喝得太醉了,又吐又哭,又要打人,又要寻死,小姐没有办法,醉鬼的同伴也没有办法,他们就叫田二伏,田二伏哎,过来帮帮忙呀。

田二伏进去以后,看着那个又哭又闹的人,也是手足无措,他两只手挓挲着,怎么弄呢,怎么弄呢。

呜呜呜,呜呜呜,那个人声泪俱下,你让我去死,你让我去死,他说。

这不行的,这不行的,田二伏说。

呜呜呜,呜呜呜,活着有什么意思,活着有什么意思,他说。

有意思的,有意思的,田二伏说。

你光说有什么用,你帮帮忙呀,小姐她们也都是手足无措。她们说,田二伏你光说有什么用,你弄呀。

哎呀呀,田二伏头一次碰到这样的问题,他去抱那个人,那个人就踢他,他去扶那个人,那个人挥舞着拳头打他。哎呀呀,哎呀呀,田二伏说。

给他喝茶吧,有一个人建议。

不行的,田二伏说,喝茶更难过,要喝醋。

醋喝过了。

吃吗丁啉。

吗丁啉吃过了。

呜呜呜,啊啊啊,那个人痛苦得不得了。

掐人中。

但是那个人的手挥来挥去,他的身体在沙发上扭来扭去,而且他还不是固定在一张沙发上。他从这一张沙发扭到那一张沙发,像一条上了岸的鱼,一边翻着白眼,一边肚皮一挺就弹起来了,只不过他这条鱼是在包厢的沙发间弹来弹去,把包厢里所有的沙发都揉得不像样子。茶几上的水果点心被他扫到地上,饮料也打翻了一些,所以虽然有人说了掐人中,也有人试图去掐他的人中,但是他们掐不到他的人中。

怎么办呢?怎么办呢?

给他吃安眠药,又有人提议。

吃了安眠药他就要睡了。

不能的不能的,田二伏说。

酒后服用镇静剂要出问题的,有一个人是懂的。

卓别林就是的,后来就死了,田二伏说。

那怎么办呢。

后来经理也来了,经理看了看一团糟的包厢,脸上仍然是笑眯眯的。常有的事,常有的事,他说,田二伏啊,你帮帮忙,把他背出去。

背到哪里去呢,他的同伴有些不放心,有地方吗?

你们继续玩啊,经理说,你们放心玩啊。

田二伏就去背那个人,那个人仍然挣扎着。田二伏弄不住他,只好用了在乡下背粮包的办法,把那个人抱起来往肩上一掼,那个人就趴在他的肩上了,他的两只手顺势抱住了田二伏的头,抚摸来抚摸去,他说,我爱你啊,啊啊,心肝宝贝,我真的爱你啊。

啊哈哈。

哦呵呵。

噢嘿嘿。

经理走在前边,田二伏背着一个醉鬼跟在后边,他们穿过大厅的时候,田二伏听见有人在议论。

醉了。

醉了。

人生难得几回醉。

田二伏想问问经理,他们要走到哪里去,但是他看着经理的后背,觉得经理一点也不想讲话,田二伏就没有问什么,反正叫我背到哪里就哪里了。

这样他们走到厕所了,他们就把那个人放在一只抽水马桶上,让他坐在那儿。经理拍了拍他的肩,喂,他说,到家了,睡吧。

那个人坐在那里已经发出了鼾声。

经理把那扇小门带上,在厕所的角落里拿了一块牌子挂在小门上,牌子上写着:此位已坏,请勿使用。

有人来上厕所,听到里边的鼾声,都笑了笑,他们上完厕所就走出去,告诉他们一起来的人,有个人在厕所里睡着了,还打呼呢。

现在田二伏又归位了,他听到大厅里一堆客人说起醉酒的话题。

有一个人喝多了,上汽车,拉开后边的车门,就往后座上一躺,鞋一脱,就睡了。到家的时候,司机说,某先生,到了,他醒过来找鞋,但是鞋找不到了。

他脱在上车的地方了。

他以为上床了呢。

哈哈哈。

后来司机有没有帮他去找鞋呢?

那我就不知道了。

还有一个人也是喝多了,他走出饭店看看天,看到天上有个亮亮的圆圆的东西,他拦住对面一个人问,先生,请问这天上是太阳呢还是月亮呢?对面那个人朝天上看了看,看了半天,摇了摇头说,对不起,我是外地人,我也不知道。

嘿嘿嘿,田二伏笑了起来,说话的那个人回头朝他看看,别的人也朝他看看,他们一起对他笑了笑。

打架惹是生非的人毕竟是少数,田二伏在无事可做的时候,也会和闲着的服务员说说话了,她们都笑话他土吧啦叽的,一口着着实实的乡下话,也不大懂文明卫生,有时候还想随地吐痰呢。其实她们中间有些人也是从农村出来的,只是她们出来比他早一点,她们已经先学会了像城里人一样说话,一样文明卫生,不随地吐痰,哪怕是在没有人看见的情况下,也不会随随便便,所以她们就觉得有责任带带田二伏。

田二伏哎,帮我拉一根绳,我要晒被子。

田二伏哎,帮我修这个台灯。

田二伏哎,我的猫爬到树上去了。

他们的宿舍都在歌舞厅后面的一排平房里,这是老板统一替他们租的,房钱从他们的工资里扣除。这样他们这些人上班在一起,下班也在一起,就容易混得熟。田二伏来了没多长时间,她们就使唤他干这个干那个,好在田二伏是助人为乐的,而且他除了听广播,业余时间也没有别的爱好,不像她们喜欢逛街啦、打麻将啦,还喜欢看录像,总之都比田二伏忙。

有一天有一个记者来采访她们,你们这里有许多外来妹,我采访谁呢?他问。

你采访荷叶好了。

她们就把荷叶推出来,因为荷叶年纪稍微大一些,文化也稍微高一些。后来记者就采访了她,并且把荷叶说的话都登在报纸上了。这个采访的事情,田二伏没有碰上,他还没有来呢,但是到报纸登出来的时候,他已经来了,他就看到了,那一段采访是这样的:

二十一岁的荷叶每天要在歌舞厅上班十个小时以上,每周休息一天,这样算下来,如果不生病,一个月的收入是六百多,还不计客人给的小费。荷叶和同来的几个小姐妹在邻近租了房子,每月平均摊到每个人头上的房租只有四十多元钱,再加上自己买菜做饭,开销不算大。荷叶说,租房子给我们的人,看起来对我们客气,但是实际上他们还是看不起我们,因为毕竟我们是外地人呀。

不过,这小小的不快并不影响荷叶对城市的热爱。我想我可能不大会回去了,荷叶这么说,家里那么穷,我和我的几个小姐妹都不想回去了,在城里多挣点钱,找个可靠的不算太穷的城里人结婚,把家安下来,以后把父母接过来,让他们好好过完下半辈子。

嘻嘻嘻。

嘿嘿嘿。

她们看到荷叶这么说,就去嘲笑荷叶了。

可靠的。

不太穷的。

城里的。

嘿嘿嘿。

神气的。

高大的。

像张丰毅。

像濮存昕。

其实在她们的笑声里,都隐藏着难为情的意思,她们笑话荷叶的时候,等于是说出自己的心思了。

你们都想到以后的事情了,田二伏说,你们想得蛮远的啊。

总归要想想的,她们说,田二伏难道你不想?

田二伏也会想一想的,但是一想到未来,田二伏的心里就隐隐地触动了一下,那是马小翠。她现在会在哪里呢?

田二伏是有老婆的,一个人说。

没有的。

叫什么春的。

不是什么春,是翠,马小翠,田二伏说。

啊哈哈。

啊哈哈。

她们就笑成了一团。

在那张报纸上,关于外来工的采访还有许多,其中还有一个综合分析——是什么影响了进城民工的"去"和"留"?有调查的数据:

　　一心想留在城里的外来民工:

　　18 至 29 岁:91%

　　50 岁以上:11%

　　女性:57%

　　男性:37%

　　未婚:65%

　　已婚:38%

　　……

田二伏把那张报纸压在枕头底下,他觉得自己工作单位的同事上了报纸,他很开心,就把报纸收藏起来,有时候还会拿出来重新看一看。现在他很想给什么人写一封信,告诉他一些事情,但是他找不到写信的对象,他想了想,最后决定以马小翠的名字开头：

马小翠同学：

您好。

很久没有和您联系了，我现在也进城打工了，我在新潮歌舞厅做保安……

他写着写着，又换了一个开头：

马小翠小姐：

您好。

我不知道现在您在哪里，我也不知道我的这封信您能不能看见，但是我还是想给您写一封信……

田二伏的同事偷看过田二伏写的信，她们不知道田二伏的信是不会寄出去的，她们就捉弄起了田二伏。

有时候田二伏正在收听广播，她们就凑到他的耳边喊一声：

马小春来了。

马小翠，是马小翠。

噢，马小翠来了。

田二伏总是要抬头往外看看，尽管他受过很多次的捉弄，但他还是习惯这样看一看。

上午院子静静的，她们睡觉的睡觉，出门的出门，都没有在屋里白白地待着。田二伏呢，肯定是在听广播，现在田二伏的业余爱好是受到一些影响的，主要是时间上的限制。从前他在乡下的时候,真是一天二十四个小时都可以听广播的,就算是劳动的时候,甚至是村里开什么会的时候,都可以听听的。但是现在不行了,上班时候肯定是不可以听的,不上班的时候呢,同宿舍的人如果想睡觉,他听广播就会影响别人,所以田二伏就去买了一个耳塞,将声音塞到耳朵里,这样就不会影响别人。开始的时候他有些不习惯,总觉得耳朵里胀胀的,不舒服,甚至还有些轻微的疼痛,但是听了一阵以后,这些不习惯和不舒服就消失了,慢慢适应了新的形式,如果他不用耳塞,就会觉得主持人的声音不真切,遥远得很,而且杂杂的,反而不习惯了,只有戴上耳塞,才能够找回听广播时那种贴心的愉悦。田二伏现在正在听着城市频道的生活热线节目,这是他常听不厌的节目,他也仍然习惯做笔记,将听到的有关内容记下来。他的笔记本上的电话号码越来越多,很快就要换新的笔记本了。只不过有一点和乡下不同了,在乡下的时候,老乡们有什么事情,会来找田二伏的,但是在城里却没有人来找田二伏问什么,他们都比他见多识广,他们也会听广播,还可以看电视,而且只要拿一张当天的晚报,上面是什么都有的。所以刚刚开始的时候,田二伏甚至有一点失落感,他仍然像在乡下一样,主动去给别人提供信息,但是别人的信息要比他还多呢。

咦,这事情我早就知道了。

噢,那事情我早就听说了。

他们甚至还会指出田二伏信息里的错误和不实之处。

咦,不是这样的,是那样的。

哎,不是那样的,是这样的。

所以田二伏现在虽然依旧能算是一本百科全书,却不大有人来翻他这本书了,田二伏的信息越来越多,却无法输送出去。

田二伏想,城里和乡下到底是不一样的。

田二伏这么想着的时候,广播里正在说一个法律方面的小故事,说有几个警察冒着生命危险奋不顾身抓住了歹徒,但是踩坏了一个人院子里的萝卜,后来这个人就要求派出所赔他的萝卜,他的这个要求,遭到了大家的反对和指责,大家看见他都是指指点点地戳他的脊梁骨,甚至他的单位也觉得他给丢了脸,就把他开除了。记者去采访他的时候,他就躲起来,他觉得这件事情很难为情……

隐隐的好像有人叫了一声马小翠,田二伏习惯地向外面看看,他就看见有两个男的已经站在了门口。

喂,马小翠在不在?

咦,咦,田二伏一时有些不明白,马小翠,马小翠怎么会在这里?

不在这里能在哪里?两个人中的一个说,他的面相凶凶的,好像很生气。

他们中的另一个是更生气的样子,你想包庇她?休想啊!他说。

你们说什么呀,田二伏说,什么呀?

你想跟我们玩缓兵之计?

我们不会上你的当。

真的不在这里,田二伏说,要是在这里,我的信也有着落了。再说了,要是在这里,我还写什么信呀,天天见面说说话就可以了。他心里这么想着,但是没有说出来。

昨天还在这里上班呢,今天就不在了,骗谁呢?

上班?田二伏这时候把耳塞摘了下来,他听见他们说上班,就更听不懂了,你们找谁啊?

王小香。

哎哟哟,搞错了,搞错了,田二伏笑起来,冬瓜缠到茄棵里了。

怎么会搞错呢,他们说,不会搞错的,王小香就是在这里的,休想逃走。

是在这里的,是在这里的。田二伏很热情了,王小香的熟人,就像是他自己的熟人一样的,你们请坐,你们先坐,这会儿她人不在,不过一会儿就要回来的,你们先坐下歇歇。要不要喝水?喝白水还是喝茶?

两个男人怀疑地看着田二伏。这个人一会儿咬定不在这里,一会儿又说在这里的,又要叫他们喝什么,他们觉得他在耍什么花招,他们的警惕性很高,不坐,也不喝什么。

他们是来向王小香讨回彩礼的,他们中的一个叫铁蛋,和王小香订过亲,彩礼也送过了,是五千块钱,后来他们的事情不行了,就退了婚,但是彩礼没有退。铁蛋叫王小香退,王小香说,那是你自己送给我的,我不退了。

王小香就进城打工了,铁蛋到王小香家里去讨,也没有讨着。王小香家里的人都和王小香的说法差不多。

我们又没有向你们要,是你们自己送过来的。

给了又要讨回去,波毛斯得来。

铁蛋虽然是乡下人,但是嘴巴也算是会讲的,另外他还有一个表哥做后盾,他们两个加起来,在嘴上也不会吃亏的。

不给彩礼你们肯嫁女儿吗?

给了彩礼你们还赖皮呢。

你想叫我们人财两空啊。

王小香家里人也觉得有点说不过他们了,他们现在已经有一点以退为进了。

　　没有办法,钱已经用掉了。

　　最后他们只好出卖王小香了。

　　你的钱我们又没有拿到,只是看了一眼而已。

　　实在要讨,你找王小香去讨吧。

　　铁蛋和表哥就来找王小香了,事情的经过就是这样。田二伏听了后心里就想,你们的事情比我还好一些,我连彩礼还没来得及给呢,马小翠就已经走掉了。不过现在田二伏还不知道是怎么回事,他看着这两个人很生气地站在他面前,挂着两条胳膊,也不走,也不坐,也不喝水,有一点不知所措的样子,他有点同情他们,他想劝劝他们,但是他并不知道事情是怎么样的,所以他无从开口。开始他只是笑眯眯地看着他们,但他们并没有什么反应,后来他想出了一个办法,他把收音机的耳塞拔掉,让声音传出来。

　　听听广播吧。

　　他们两个对他看了看。

　　是萝卜的事情。

　　他们两个又朝他看了看。

　　毛病啊。

　　毛病啊。

　　他们的眼神是这么说的,但是田二伏并没有读出他们的眼神来。他告诉他们,这是萝卜的故事,有一个人要叫警察赔他的萝卜。

　　什么东西啊。

　　他们两个的脸色更难看了,他们认为田二伏是在戏弄他们。他们早已经听说王小香在城里又找了一个对象,会不会就是这个人？看他这种样子倒蛮配王小香那种样子的。他们两个对视了一眼,又说话了。

你少来这一套。

你别把我们当傻瓜。

你们是不是听说我们要来,故意设计好了圈套？

什么呀。

轮到田二伏莫名其妙了。

问你,什么名字？

问我吗？

不问你问谁？

我叫田二伏呀。

田二伏？田二伏吗？

他们中的一个向另一个看看,另一个想了想,自言自语地说,田二伏,田二伏？

是这个名字吗？

好像是……好像不是……好像是……

怎么不是呢,田二伏有点委屈,我明明是田二伏,为什么好像是又好像不是呢？

好,就算田二伏吧,田二伏你是王小香的什么人？

咦,咦咦,田二伏笑起来,他实在觉得太好笑了,什么呀,这个话,怎么反倒你们来问我呢？应该是我问你们的,你们,你,还有你,你们是王小香的什么人？

我们,我们,他们觉得有点尴尬,说不出来。

咦,咦咦,田二伏说,你们连自己是王小香的什么人都说不清楚,你们不会是骗子吧,或者是犯罪分子。

你才骗子。

你才犯罪分子。

那么你们是干什么的呢？

你明明知道的。

你是王小香的对象，你还假装不知道。

咦？

咦什么？他们说，咦有什么用？今天是逃不过的。

田二伏突然觉得脑子有点乱。

田二伏哎，王小香拿了一堆电池来，给你喏。

哎呀呀。

哎呀呀什么呢，像个女人，大惊小怪的，王小香说。听广播费电的，我从前听的时候，两天就要换新电池，不换就嘶啦嘶啦的。

是的呀，是的呀。

收起来吧。

你哪来的这么多呢？

偷的。

嘻嘻嘻。

嘿嘿嘿。

她们都笑起来了。

田二伏啊，王小香看中你了。

田二伏啊，王小香帮你偷电池哎。

田二伏啊，你长得像王志文。

像周润发。

嘻嘻嘻。

嘿嘿嘿。

田二伏遐想起这些,就忍不住笑了起来,王小香好是蛮好的,想起她的事情有点甜丝丝的,但是她不是我的对象呀,他想。

那两个人站得有些不耐烦了,他们拖了凳子坐下来,田二伏说,你们喝开水吗?

不喝。

那你们,喝茶?

不喝。

那你们?我有速溶的咖啡。

不喝。

那,总要喝点什么,口干的。

不喝。

他们两个人又看了看田二伏,现在他们慢慢地觉得可能自己的想法出了问题,田二伏如果是王小香新找的对象,他可能不会是这种样子。他对他们很客气,态度也好,还要请他们喝这喝那的,虽然他们不肯喝,但是他们心里也是有点感动的。所以他们慢慢地打消了与他作对的念头。他们调整了一下思路,觉得可以从另一条思路上重新开始走,他们拿出烟来请田二伏抽。

田二伏平时是不抽烟的,但是如果有人请他抽,他也会抽一根,所以当铁蛋和表哥请他抽烟的时候,他就拿了他们一根烟,像他们一样点起来抽了。几个剑拔弩张的人,一点了烟,紧张的气氛就开始缓和下来。现在他们这里的气氛确实是好多了,他们开始说一些别的话题了。

你们是王小香家乡的吗?

是的。

我猜猜啊,田二伏说,我猜猜你们是来干什么的。

铁蛋和表哥就看着他,看他能不能猜出来。

我猜出来了,田二伏说,你们是想请王小香帮你们找工作。

咦,田二伏的话倒提醒了铁蛋和表哥,他们确实是想在城里找工作的,找王小香讨钱也是真的,但是两件事情都还没有做成,心里难免有点着急,现在田二伏说了这样的话,让他们感到有一点希望了。

王小香能帮我们介绍工作吗?

王小香是不是混得很好啊?

王小香嘛,田二伏说,要说好也是一般,要说不好,也还可以的吧。

那,他们两个觉得希望又在逃走了,有些泄气,那——

田二伏感觉到了他们的失望和气馁,他心里有一丝丝疼痛,他看着他们沮丧的脸,觉得有点于心不忍,要不,要不,他说,或者我——

什么?

可以帮你们想想办法的。

找工作吗?

找工作呀。

咦咦。

咦咦。

你帮我们找工作啊?

你帮我们找工作啊?

他们的脸上分明写着奇怪和不信任,但是田二伏是感觉不到这一点的,他不是个愚笨的人,但是他的敏感总是往好的方向去的。

可以试试的,田二伏说,我有点把握的。

哎呀呀。

哎呀呀。

你怎么不早说呢?

你怎么不早告诉我们呢?

他们两个激动起来,有点摩拳擦掌的样子了,好像就要上班,也会像田二伏这样穿着神气的制服了。

哎嘿嘿,你原来是领导呀,他们说。

嘿嘿,我不是的,田二伏说。

但是看起来你有点像的,他们说。

我堂叔是领导,田二伏说,他是老板。

所以呢,你是领导的亲戚,所以也有一点像的,他们说。嘿嘿,别人也有这么说的,田二伏说,不过我自己不觉得的。

现在他们的思路已经走得很远很远了,他们似乎已经把讨彩礼的事情丢到一边,暂时忘记了。

我们其实不一定在乎做什么工的。

我们也不一定要像你这样穿这种制服的。

我们也可以做做一般的活,体力活,什么都可以的。

比如洗洗碗。

洗洗杯子。

扫地也好的。

没有男的做这种事情的,田二伏说,男的只能做保安。

那我们就做保安吧。

田二伏想说好的,我帮你们争取争取,但是他还没有说出来,就有一群女孩子奔进来了,她们一路奔一路叫着。

来了来了。

来了来了。

什么来了呀。

派出所来了。

奔进来的人里就有王小香,她进来看到铁蛋和表哥,她说,咦,你们来了,你们什么时候来的?

田二伏张望着,看着外面,看了一会儿也不见有派出所的人进来,在哪里呢?在哪里呢?他问。

已经走了,他们来抓田老板的,看见田老板在吃面,就抓走了。

哎呀呀,田二伏一急,拔腿就往外面跑,其他女孩子也跟着一起往外跑,王小香也跑,铁蛋和表哥在后面追着喊:王小香,王小香!

第 3 章

田远富犯了什么事,谁也说不清楚,大家都有点激动,七嘴八舌。

是不是诈骗啊?

是嫖娼吧?

赌博也要抓的哎。

田老板一碗面还没有吃完呢。

田老板说,你让我把面吃完好吗,但是警察不肯,他们说,走吧。田老板走出去的时候,那半碗面还冒着热气呢。

他们在议论的时候,田二伏在一边发着呆,他不知道自己应该干什么,只是觉得心里空空的,好像丢失了什么重要的东西。

有一个懂一点的人对他说,田二伏啊,你快去看看田老板吧,现在可能还只是拘留,拘留是可以看一看的,万一一会儿转逮捕了,你看也看不到了,要等到判下来呢。

要多少时间判下来呢?有一个女的问,她肯定不是王小香,王小香正和铁蛋及表哥谈事情呢,她暂时不会过来参与的。

那不一定的,现在田二伏已经清醒过来了,而且他这方面是懂的,他经常听广播,广播里也有法律方面的热线,他们告诉听众,案件如果复杂,或者办得不顺利,从拘留到逮捕再到判刑可能时间会很长的,如果办得顺利,也可能很快就判下来了。

什么又是很长,又是很快?你等于没说,他们说。

因为案情不一样的,田二伏说。

哎呀哎呀,田二伏啊,那个懂一点的人说,你还有心思在这里讲人家的事情呢。

那,那,我到派出所去看他?

你不到派出所你到哪里呢,总不见得到市政府吧。

嘻嘻嘻。

嘿嘿嘿。

有人笑起来,那个懂一点的人瞪了她们一眼,还笑呢,饭碗都敲掉了,等一会儿就要哭了。

但是田二伏不认得派出所的人,他是新来的,在这一带还没有开始混起来呢,他不知道到了派出所该找谁,找了谁又该说什么,大家又七嘴八舌了。

你自己去人家不会理你的。

卵也不卵的。

会把你骂出来的。

这是他们一致的想法,所以他们又积极地给田二伏出主意了。

找王虎带你去好了。

还是洪兵有用,派出所里有他的兄弟。

那还是黄大好,黄大的妹夫是派出所的所长。

副所长。

他又不是这个派出所的。

这个派出所和那个派出所还不都是派出所,他们派出所和派出所之间,等于是一家人,今天你帮我抓这个人,明天我帮你抓那个人,都是这样做的。

这样他们就带着田二伏去找黄大了,黄大倒很爽快,他拍了拍胸,不就是见个面吗,他说,你跟我走。他就带着田二伏到派出所去,路上认得田二伏的人问,田二伏啊,到派出所去啊?

哎哎,田二伏觉得有点尴尬,难为情,但是黄大倒是风光的,他一路跟人点头、打招呼,是啊是啊,到派出所去。他还给人家派烟,好像碰到了喜事一样。

派出所里人很多,乱糟糟的样子,好多人坐在长椅上排队。黄大又给警察派了烟,警察的桌子上散乱地扔着一根一根的烟,但是警察不抽烟,他看到黄大扔烟的时候,就笑了笑。黄大把田二伏交给警察,他跟警察说了几句,警察看了看田二伏,向他点了点头。

黄大走了以后,田二伏就坐在长椅上排队等候了。

这是田二伏头一回进派出所。这里人多事杂,田二伏觉得很新奇。有一个人正在说照相馆不经他的同意,就把他女儿的照片挂出来了,弄得人家都说他的女儿是什么什么。不过他不是在向警察诉说,而是向和田二伏这样的到派出所来等候办事的人说,因为警察都在忙着,暂时还没有轮到他向警察说话呢,他可能性子急,等不及,就先向别的人说了说,别人听了,就七嘴八舌地议论起来。

挂出来也好的呀,等于给你女儿做免费广告呢,有一个人说。

我干什么要做免费广告,他有点生气,我女儿又不是做生意的。

叫他赔钱好了,又有一个人出主意。

叫他赔的,他不肯呀,这个人说,所以才来找派出所。

这个事情不归派出所管的,田二伏说,他是十拿九稳的口气,你去找消协好了。他从这个人的脸上看出来,他可能没有听懂,所以又加了一句,消协就是消费者协会。

咦,有一个人看看田二伏,你怎么知道?

我听广播的,田二伏说,广播里的法律热线节目。

那个人哼了一声,有点生气的样子,广播里的东西没有用的,他说,我上过当的。

他们说话的时候,有一个警察过来拍拍田二伏的肩:新潮歌舞厅的?

是的是的,田二伏赶紧跟他过去了。

你怎么来的?警察说,我们还没有传唤你,你怎么已经来了?

咦,我就来了呀,田二伏说,我是要来看看——

他的话没有说完,哄哄的,从外面拥进来乱七八糟的一大群人,有一个女人在尖叫:杀人啦,杀人啦!

另外一些人吵吵闹闹,七嘴八舌,听不清他们到底说的什么,后来有一个警察用力地拍桌子,才把他们拍静下来。

干什么干什么,警察说,以为这里是居委会啊?

你这话不对的,一个老太太说,居委会就可以吵吵闹闹吗?

哎呀呀,警察说,王主任啊,先把事情说清楚好不好,杀什么人了,杀没杀呀?

就是呀,田二伏也附和着说,总要先把事情说一说的,如果真的杀了人,警察要马上去现场的。

老太太瞪了他一眼,你新来的?新来的没有调查就没有发言权。

我不是新来的,田二伏说,我不是派出所的,我是来派出所办事的。

老太太警惕地打量他,上上下下地看了又看,你不是警察啊,那你管什么闲事?

趁老太太纠缠田二伏的时候,警察撇开她,去问吵架的两个主要人物,他们是一男一女。

是夫妻两个,有一个跟来看热闹的人说。

放屁,那个女的凶巴巴地说,你放屁。

咦,这个人有点气,你们不是夫妻吗?你们不是夫妻怎么住在一个屋子里呢?

那么你是谁?警察问这个人。

咦,关我什么事,关我什么事,怎么问我呢?这个人往后退了退。

活该,女的有点幸灾乐祸的,谁叫你多管闲事。

我是邻居呀,这个人说,怎么是我多管闲事呢,榔头是从我家借去的,假如真的出了事情,我算什么呢。

后来总算弄清楚了事情的经过,一个男人回到家,发现门锁已经被老婆换了,他进不了屋,就在街上大吵大闹,吵了一会儿,就跑到邻居家去了。

喂,借把榔头。

哎哟哟,邻居说,干什么呀,杀气腾腾的。

这个人拿了榔头就去砸门了,在他把门锁砸开来的时候,一个女人奔了过来。住手!她说。

她就是他的老婆,她拿自己的身体去挡住门,你不能进去。

咦咦,男人开始冷笑了,这是谁的家啊。

我的家。

那么我是谁呢？

我不认得你，你跟我没关系，老婆说。

啊哈哈，大家都笑起来。

笑什么笑，老婆说，我们已经离婚了。

没有离呢，这个男人说，办是在办着呢，还没有拿到离婚证呢，怎么算离了呢。

咦，老婆说，你没有拿到，我拿到了，你没有离婚，我离婚了，所以这个房子，你不能进去了，你进去我就告你私闯民宅。

老婆拿出了一张离婚证书，给他看看，你看看啊，你看看清楚啊，是不是我们两个的名字啊。

咦咦，这个人看了看，果然是他和他老婆的名字。他有点疑惑了，这算什么？

原来是已经离婚了啊。

大家都这么说，这个人的脸红了起来，他是因为生气，也因为委屈，他说，是不是只要一个人拿到了离婚证，就算离婚了呢？

现在他们站在派出所里，他老婆手里仍然拿着那张离婚证，她对着警察扬了扬，你们看看啊，这是什么？

警察是有点生气的，现在的人，不管什么事情，动不动就叫警察，好像警察是随随便便就可以叫的。有一个人修摩托车修得不满意还打110叫警察去批评修车工，警察也是忙够了。

所以警察生气地对他们说，走走走，结婚离婚，找街道去啊，找居委会去啊。

咦咦，居委会的老太太又有意见了，你这是什么话？现在不是结婚离婚的事情，现在是谁能判定他们到底有没有离婚。

后来有一个人就站出来说话了,不算的,他庄严地说,一个人是不可以领离婚证的。这个说话的人就是田二伏,田二伏说,这是法律规定的。

他这么说了,人家都朝他看,那个要离婚而未离的男人也朝他看,你是谁?他问,你是法院的?

我不是法院的,田二伏说,但是我是知道法律的,一个人单方面是不能决定婚姻关系的,结婚不可以,离婚也不可以。电台里的法律热线节目,经常有这样的内容,你们可以听听的。

他们又朝他看看,有一个人说,这个人是谁?

不认得的。

外地人。

农民工。

犯了事被搭进来的。

自己犯了事,还管别人闲事。

我不是的,田二伏说,我不是的。

但是没有人理他,他们只是随便地说了说,又继续去看夫妻吵架。警察这边呢,因为已经知道并没有发生杀人事件,也就不去理睬他们了。警察只是把他们安顿在靠边一点的地方,让他们继续吵。可是人家夫妻吵了吵,就不想再吵下去了。老婆说,哎呀,算了算了,少在外面丢人现眼了,回去说吧。

回去说回去说,丈夫说。

他们走出去了,他们的邻居在后面喊,榔头,我的榔头!

榔头还握在那个丈夫手里,他把榔头还给他,喏,你的榔头。

他们就这么出去了,看热闹的人也散了,田二伏有点意犹未尽的感觉,因为关于婚姻的法律知识,他还有很多很多呢,他还没有来得及说出来，人家就已经不要听了。田二伏本来以为事情是要往激烈的方向去的，弄得不好甚至会打起来，但是没想到他们却又心平气和了。田二伏觉得城里人有时候是有些不可思议的，要是在乡下，就不一样了。

现在派出所里安静多了，警察也终于有时间来问一问田二伏了。他们一个人问，一个人记录。

叫什么名字？

咦？

咦什么，叫什么名字？

叫田二伏。

新潮歌舞厅的保安？

是的。

干多长时间啦？

蛮长的了。

那么问你啊，警察说，老老实实回答啊，去年十二月五号晚上，是不是有个李先生到你们舞厅去的，他长得什么样？个子有多高？……

哎呀，我不晓得的，田二伏说，十二月五号我还在乡下老家，我还没有进城呢。

两个警察你看我一眼，我看你一眼，他们不相信他。不就一个多月前的事吗，你怎么还没进城？你不是说干蛮长时间了吗，蛮长是多长？两年，三年？

没有的，没有的，田二伏说，我是上个月来的。

搞什么搞，警察说，你是新来的？

也不算新的了，有一个多月了，田二伏说，我已经熟悉工作环境了。

搞什么搞,记录的警察看看问话的警察。

搞什么搞,问话的警察也看看记录的警察。

走吧走吧,他们一起对田二伏挥了挥手。

咦,咦咦,田二伏说,怎么叫我走呢,我是专门来找你们的,你们忘记了啊,是黄大领我来的。

警察这才想起黄大是来过,是拜托过他事情的,现在才记起就是这件事情。想看田远富啊?他问。

是的是的。

看吧看吧,他们说,有什么好看的。

田远富从铁栅栏里看到田二伏来了,就呜呜呜地哭起来了。警察向他看看,说,哭什么哭?

我伤心呀,田远富说,我难过呀。

早知今日何必当初,警察又对田二伏看看,喂,你掌握时间啊,少说几句,事到如今,说什么也是废话了。

呜呜呜。

哦哦哦。

啊啊啊。

田远富发出各种不同的哭声,田二伏想劝他又不知怎么个劝法。叔叔啊,他试了试说,叔叔啊。

哎,田远富答应了一声。

叔叔啊,我听他们说,你一碗面还没有吃完呢,就抓起来了。

是的呀,是的呀,田远富已经不再哭了,他听到田二伏说面,眼睛里发出了光,刀师傅那碗面真是没得说,没得说,他咂巴着嘴,仍然是津津有味。

叔叔啊，等你出来再去吃啊。

呜呜呜。

啊啊啊。

田二伏一说，堂叔又哭起来了，但是并没有持续多长时间，他又提到刀师傅的面了。二伏啊，他说，你叔叔走南闯北到过许多地方，吃过许多好东西，但是呢，比来比去，都不及刀师傅这碗面的呀。

噢。

二伏啊，叔叔也没有什么好东西给你，叔叔只告诉你一句话，你记住啊。

我记住的。

一个人啊，别的方面可以马虎，吃的方面一定不能马虎，别的方面可以将就，吃的方面决不要将就，听到了没有？

听到了。

听懂了没有？

听……

就是告诉你，食要精啊。宁可不吃，也不要吃孬的。

噢。

这样我就放心了，田远富点了点头，看起来他放心多了。后来他又说，我要是放出去了，我还是要在城里的，乡下没有这样好吃的面啊。

叔叔啊，你什么时候能放出来啊？

呜呜呜，田远富又伤心了，呜呜呜。

叔叔啊，你犯的什么事情啊？

这个嘛，田远富神秘兮兮地压低了嗓音，二伏啊，你不要问我，我不好说出来的。

那，那那。

我可是大案子啊，田远富说，人家看相的人早就给我算过了，要不就是大富大贵，要不就是大苦大难。

那……

田远富抹了抹眼睛，二伏啊，你要是回去，可别告诉村里人啊。

但是，但是人家要是问起你来呢？

你就说我到外地去了。

哪里的外地呢？

就说是南方好了。

去干什么了呢？

去做大生意呀，南方生意好做，我生意做大了，就到南方去了。

南方哪里呢？

南方哪里吗，就说深圳好了。

深圳吗？

不吧，还是不说深圳，说海南吧，海南生意更好做哎。

海南现在叫海口了，田二伏说。

我知道叫海口的，田远富说，我是说惯了口，没有改过来。田远富说着，不由自主地点了点头，脸上有些向往的神色，他的思想好像已经到了海南那一片热土了。

那那，田二伏说，叔叔啊，那你到底什么时候放出来呢？

田远富嘴一咧，又要哭出来了。这时候警察已经过来了，时间到了，走吧走吧。

田远富指了指警察，你要问他的。

警察啊，田二伏说，我叔叔什么时候放出来呀？

你要问他的,警察指指田远富。

田二伏回到新潮歌舞厅的时候,他们正好在贴封条,封条上有一个大红的印章。田二伏想过去看看是什么印章,被他们赶开了,他们说,走开走开,封条有什么好看的。

田二伏往住的地方去,走到一半,就碰到了二毛,二毛背着点东西,慌慌张张,像是逃跑的样子,田二伏说,二毛你干什么?

二毛说,房东正在找人呢,田老板没有付他房钱,他见谁就盯着谁要。

咦,田二伏说,这没道理的。

就是呀,二毛说,所以田二伏你也不能过去,他看见你,肯定要缠住你的,他要问你要钱的。

我不会给他的,田二伏说,我也没有钱。

我不管了,二毛说,刚才我进去,他就守在门口了,我是跳窗子出来的,你不相信你回去看好了。

他们人呢,田二伏说。

谁们呀。

咦,王小香啦还有他们。

唉唉,二毛说,都走掉了,留在这里有什么用?

怎么这样呢,田二伏心里有点难过,怎么大家说走就走了呢,告别也没有告别,再见也没有说一声,真是树倒猢狲散了。

那么二毛,田二伏说,你要到哪里去呢?

二毛也不知道。我不知道,他说,我也不知道。

你住到哪里去呢?

我不知道。

你回家去吗?

不回家。二毛说,城里到底好的,我喜欢城里。

我也是的,田二伏说,我也喜欢城里的。

田二伏后来没有听二毛的话,他到底还是回来了一趟。他回来的时候,他的收音机还开着呢,但是因为开的时间长了,电池不足,声音又嘶啦嘶啦的了。电台正在播报空气质量指数,还有紫外线,希望大家注意防晒之类。田二伏听这种节目的时候,他的心里总会感动。城里到底好的,他想,城里人的生活就是这样,总是有人关心他们,乡下就没有这样。

房东坐在他家的堂屋门口,他是看见田二伏进来的,但是他却没有过来向田二伏讨钱,他只是对他翻了一个白眼,没有说话。田二伏倒有些奇怪了,他想去问问他是不是有人把房钱付了。但是房东看出来他想过去,就起身进去,把门关上。

哎,田二伏忍不住叫了一声。

怎么?

那个房钱,田二伏说,是不是有人付了?

付了,房东说,谁付,你付?

我不付的,田二伏说,我不会付的,房子又不是我租的。

既然你不会付,我跟你啰唆什么,房东说着就进去关了门,让田二伏面对着他的门发了一会儿愣,有一点想不明白了。

院子里有几只麻雀飞下来,找了找吃的东西,又飞走了。房东家的一只猫走在旁边看了看田二伏,过了一会儿也走开了。田二伏心里空荡荡的,脑子里也空荡荡的。他不知道现在该做的事情是什么,后来还是收音机的声音提醒了他,我还是先去买两节电池,他想。

田二伏虽然来这里的时间不算长,但是因为他三天两头要买电池,小店里的人也认得他了,他们都知道了歌厅的事情。他们问他,你怎么弄呢?

我还没想好呢,田二伏说。

你要回乡下去吗?

我不回去的。

还是要在这里找工作的,小店里的人说,反正现在城里大部分的活都是你们农民工做的。

是呀,小店里的其他人也说,是呀。

你们算算,一个人说,现在我们从早晨起来,到晚上,一天当中,要碰到多少外地人在做的事情啊。

是呀,另一个人说,早晨出去吃点心,大饼油条都是外地人来做的。

到饭店吃饭服务员也是外地人。

你要买件衣裳穿穿,卖服装的也是外地人。

小菜场卖菜的也是外地人。

做保姆的是外地人。

造房子的。

打扫卫生的。

踏黄鱼车的。

摆地摊的。

修水管的。

咦咦,他们说,想想也真是的,多少行当给外地人占领了呀。

农村包围城市呀。

虽然他们的话鼓励了田二伏,但是他的心里仍然是忧伤的。他回去的时候,特意绕道到歌厅门口。再见了,田二伏在心里说,再见了。

他这么想着的时候,就有人在后面拍他的肩,嗨,田二伏啊。

啊哈哈,小勇,啊哈哈,桂生,田二伏真是有点意外的惊喜,是你们两个。

田二伏,你在这里做什么呢?

啊啊,田二伏说,我走过,随便看看的。

看看,这有什么好看的?小勇说,走吧,走吧。

跟你们走吗?

跟我们走啊。

到哪里去呢?

喝酒啊。

嘿嘿,田二伏说,你们去喝酒?

小勇和桂生看起来都很爽,桂生说,今天我们长工资了,要庆贺的,所以去喝酒。

他们来到街头的大排档。他们要的是啤酒。小勇一要就要了十瓶,大排档的老板是个中年人,长相有点老,他也是外地口音,但是田二伏听不出是什么地方,反正跟他们的家乡不近的,因为口音的区别比较大。老板看着他们,酒量真好,他喜滋滋地说。

他们看着大排档的老板把十瓶酒搬到桌子上堆成一堆。田二伏说,你们不喝白酒吗?

不喝,小勇说。

啤酒胀肚子,田二伏说,其实是白酒爽气。

白酒不喝的,小勇又说。

他们就开始喝啤酒了。喝了一会儿,桂生就去方便,过了一会儿田二伏也要方便了,他说,啤酒真的胀肚子。

我就不要去的,小勇说,我不用去的。

你憋得住啊,田二伏向小勇看了看。

憋不住我吹什么牛?小勇指指桌上的酒,这些都喝了,我也不用上的。

田二伏惊讶地看着他,不过这惊讶并不是不相信,但是小勇也许以为他的惊讶就是不相信,所以小勇说,你不相信,不相信我们就打个赌,怎么样?

赌呀赌呀,桂生说。

嘿嘿嘿,田二伏笑起来,我相信的,我没有不相信啊。

老板在边上看了看他们,这时候,也到凳子上坐下来了,小勇说,老板也来一杯。

老板就拿了个茶杯,也倒了一杯啤酒喝了喝。他不像小勇他们那样一口灌进去,而是有层次的,分批分批地下去,看见他的喉骨一动一动地动了几下,一杯酒就没有了。

嘿嘿,老板抹了抹嘴巴。

厉害,厉害,田二伏说。

他们继续喝啤酒,菜是一个一个上来的,有炒肉丝,有一条红烧的鱼。田二伏吃了吃,就想起堂叔的话了。

二伏,你记住啊,别的方面可以马虎,吃的方面一定不能马虎。

田二伏想着,想到堂叔现在还在铁栅栏里边关着,不要说不马虎的东西了,就是马马虎虎的东西,也不知道有没有得吃呢,想着就不由得叹了一口气。小勇和桂生朝他看看,他们也没有问他叹的什么气,倒是那个老板看着田二伏,似乎看出了一点什么。

你怎么不吃呢?老板问。

田二伏吃了一口。

不好吃吗?

田二伏又吃了吃,觉得鱼有点腥气。鱼有点腥气,他说,酒放少了,葱姜也放少了。

咦咦,桂生也朝田二伏看了看,你倒懂吃的。

这有什么,老板说,烧鱼嘛就是这两条,酒啦,葱姜啦,别的还有什么呢?

那还有火候呢,田二伏说,他这会儿想起生活热线的介绍来了,一想就想起了许多东西,比如煎鱼的油,要烧到多少度,也是有讲究的。

这倒是的,桂生说,我妈烧鱼的时候也是这样的,油太烫了,鱼皮要焦,油不太烫,鱼肉不透的。

啊哈哈,老板笑了,有一点不以为然,有一点嘲讽,那我还要用温度计伸到油锅里去量一量啊。

那倒不用的,田二伏说,主要是凭经验呀,比如你第一回下锅早了,第二回就晚一点,第二回晚了,第三回再早一点。

有一回我是晚了,老板说,锅子都烧起来了。

那也不要紧的,田二伏说,把锅盖一盖就可以了。

说是那样说呀,到时候一看见火起来,都吓得乱叫,还锅盖呢,明明锅盖就在手边,但是慌得根本就找不着锅盖了。

没有锅盖拿菜倒进去也有用的,菜一倒进去,火就灭了,田二伏说。

根本想不到菜了,老板说,乱七八糟地就拿了块抹布扔进去。

哎呀呀。

抹布扔进去就烧得更厉害了,老板说,唉嘿嘿,弄得不像样子了。

看看你也蛮利索的样子,怎么会这么抓手抓脚的,小勇说,做饭店的这样做法怎么来事呢。

这是看家本领呀,桂生也说。

基本功呀,田二伏也说。

又不是我,老板一副与己无关的样子,又不是我,是她,他顺手指了指在屋檐下锅边做菜的女人,我老婆呀。

女人好像听到他们说了话,又好像没有听到,她向他们看了看,但是她的脸是没有表情的,既不笑,也不不笑,然后她又低头去弄菜了。

你帮她做做下手嘛。

我帮她做下手的呀。

其实呢,田二伏说,其实真正能做出好菜来的还是男人呀,你看看人家大厨师,都是男的哎。

喔哟哟,老板笑起来,你叫我弄我是弄不起来的,你叫我弄菜等于要我的命了。

叫我弄我也不行的,小勇说。

我也不行的,桂生说。

我也——田二伏还没有说,他们就打断了他的话。

田二伏行的。

田二伏行的。

田二伏懂那么多,油啦酒啦,还有葱姜啦,肯定行的,他们一边笑一边说,其实是在笑话田二伏。

他们又继续喝酒,现在十瓶酒只剩下两瓶了,正在开最后第二瓶的时候,街上有一个女人手里抓着个勺子慌慌张张地奔过来了,来了来了,她说,来了来了。

她一边说着一边奔过去了。

他们往某个方向一看,知道是市容队来了,老板脸色有些沮丧地说,完了完了,今天一天又白做了。

逃跑是来不及了,因为市容队就在眼前了,是三个人,他们似乎是排成一排并肩走在街上,他们的眼睛左边扫一扫,右边扫一扫,都是横扫的,因为他们并不把头扭过来扭过去,街的两边,会有许多归他们管的事情,老板就紧紧地跟随着他们的眼光。现在他们的眼光已经落到老板的大排档上了,落到他的桌子、凳子以及放在人家屋檐下的炉子和锅上,就连小勇和田二伏他们也跟着紧张起来。当然他们不是为自己紧张,他们是为老板紧张,虽然他们只是老板的一个顾客,他们在这里喝酒吃饭是要付钱给老板的,一分也不能少,但是既然他们坐到了老板的这个桌子上,好像跟老板也有点沾亲带故了,老板的事情他们也不能不关心了。所以现在他们也都紧张地看着那三个市容队的人,看他们怎么来处理老板的大排档,等到他们开口的时候,小勇和田二伏他们甚至可能出面替老板说几句情的,不管说情有没有用,能不能说得上,他们总是要说的,就像市容队里有他们的熟人。

处理的方法一般有几种,文明一点,他们可以让老板把东西撤走,是立刻马上的,不能拖延的。再稍微严厉一点,就是在老板撤走东西的同时,罚他的款,罚多少,也是他们自己说了算的,虽然有政策规定可以参照,但是最后的政策总是在他们嘴里的。如果这几个人今天心情不好,办事不顺,或者被领导批评了,或者和老婆吵架了,他们就会不大文明,他们会把火发到老板身上,把他的东西全部砸了,或者至少是弄一辆车子来把老板的全部家当扔到车子上,拖到郊区的什么地方烧掉,那样老板的损失就比较惨重,所以老板现在的全部精力都集中在这三个人的嘴巴上,看他们嘴里说出什么来,因为他们一说出来就是法律,一般的人是没有能力让他们改判的。

就这样老板和田二伏小勇桂生他们都等待着,前边一点的位置上,已经有人望风而逃了,他们乱七八糟地嚷着:来了来了,快逃呀。

老板知道自己是首当其冲,所以他一开始就放弃了逃跑的想法,反正伸头一刀缩头也是一刀,索性等着那一刀吧。

但是奇怪的是一刀始终悬在他们的头上,一直没有砍下来,那三个人这边扫几眼,那边扫几眼,分明也是扫到了老板的摊位上的,而且目光停留的时间还不短呢,足足有几秒钟,但是然后他们就走过去了,他们并没有停下脚步来宣布他们的决定,甚至眼睛里也没有表示出愤怒的神色,好像他们看到的东西并不归他们管,并不是在他们的职责范围里的,所以他们就若无其事地走过去了。

丢下老板还有田二伏他们张大了嘴,愣了半天。

咦。

咦咦。

咦咦咦。

他们下班了?

可能的。

现在放开不管了?

可能的。

咦。

咦咦。

前边位置上望风而逃的人也纷纷回来了,他们一边整理着逃跑时丢得乱七八糟的家当,一边欣喜地相互打探。

怎么了？

不晓得呀。

因为谁也说不清楚，他们就瞎猜了。

会不会是什么什么了。

可能怎么怎么了噢。

是不是那个什么呀。

他们的猜测是没有结果的，事实上那三个人已经走远了，他们走得既不慢又不快，但毕竟是一点一点地在往远处去，一步一步地离开这条街。现在大排档的老板脸上看起来已经有点轻松了，但仍然是存着一丝疑虑的。

会不会杀回马枪啊？

啊啊。

大家都朝着那个方向看，看他们是不是又回来了，但是他们没有回来，到底是没有回来。

喔哟哟，老板长长地吁出一口气，像女人一样，有点做作，但确实也是一场虚惊以后的那种放松，虽然有点做作，却也是真实的。反倒是他的老婆并不怎么动声色，她一直没有说什么，脸上仍然没有表情，只是停止了炒菜而已，现在她又开始炒菜了，只听见嗞嗽一声菜又下锅了。

现在小勇他们也又重新喝酒了，经过这一场风波，好像前边的酒已经发散掉许多，肚子也不再胀鼓鼓的了。他们再喝的时候，酒下得更顺畅了，这么喝着喝着，他们看到街上走过一个女孩子，身材很好，但是他们没有来得及看见她的脸，在她走过以后他们才注意到她，那已经只是她的身材了。

城里小姐，到底长得好看。桂生说。

嘿嘿,田二伏笑了,他心里是赞同桂生的说法的,只是嘴上不大好意思说出来。

这个人又不是城里的,老板说,她也是外地来的。

是哪里的呢?

那我就不晓得了,我也没有问过她,我只晓得她是在前边美容店做的。老板说。

就是那个美容店吗?田二伏指了指。

老板往那边看了看,是的。

其实他们可能一个也没有指对,另一个也没有看对,反正是无所谓的,只是随便指指说说。

就算她是外地的,也变得像城里人了,就是城里人了,桂生嘀嘀咕咕的,他仍然盯着她的背影,尽管她已经走得很远了,桂生还是一直看着她。

田二伏和小勇也看着的,老板也看着的,但是他们各人的想法都不太一样,田二伏是比较含蓄的那种,似乎是要把喜欢放在心底里,因此脸上只是微微的笑,心里是甜丝丝的;而小勇则是有一点傲气的,他的意思好像是说,就算好,也好不到天上去,我也不是没有见过好的;而老板呢,又是另外的一种了,他看着她的背影,但他的思想是不能暴露的,他是在想,唉,我老婆要是有这样的身材就好了呀。

你们说是不是,桂生还在继续他的思维,你们说是不是,就算她也是乡下出来的,但是她肯定到城里的时间长了,变得像城里人了,你们说是不是?

他们说着一个陌生的女孩子,后来就联想到与他们自己有些关联的事情了,小勇和桂生就想起了马小翠。

喂，桂生说，田二伏，我们看到过马小翠的。

田二伏的脸一下子就红了，他有些答非所问地说，我没有碰见她。

不过马小翠没有跟马子平在一起，桂生说，我们没有看见马子平。

嘿嘿，田二伏说，马子平跟我同班的。

我们也没有问马小翠，桂生说。

桂生说这些话的时候，小勇就一直在抽烟，烟雾几乎笼罩了他的脸，使别人看不清他的脸。其实别人也并不想看他的脸，只是好像他自己要把脸藏起来似的，好像马小翠本来不是田二伏的对象，而是他的对象，所以他的脸有点挂不住的样子。

老板是不知道他们在说什么的，他只是拿了他们的酒又喝了一杯，喉结鼓动了几下，酒杯又空了，酒瓶也快空了，他看了看空酒瓶，就问小勇，要不要再来？

他可能看出来小勇是他们三个人中比较重要的一个，所以他是看着小勇问的。

不了，小勇说。

不了就不了，老板也是想得开的人，他拿起酒瓶将最后的酒倒给了自己，发财酒，他说，发财酒好的。

要发财吗，小勇说，这样做不行的。

小勇的话也启发了田二伏，他觉得自己半天没有说话了，也应该积极地出一点主意，他说，要开一个像模像样的饭店才好。

老板的老婆自始至终都没有说话，也没有表情，但是现在听到田二伏的话，她突然地就"咦"了一声，而且是很响亮的，他们都听到了，就都朝她看。她的脸上充满了光彩，笑意也出来了。

我就一直这样跟他说的。她说的他，当然是指老板。

他们又朝老板看看。

我这个人,老板说,马马虎虎的。

有一个人骑着黄鱼车慢慢地经过,他看到老板就喊了一声,王才,要不要进一点啤酒、饮料?

他们这才知道这个老板姓王,王老板。

王才说,要就要一点。

那个人就停下来,从车上往下搬啤酒和饮料,他大概恨不得搬下来很多很多,但是当他熟门熟路地将东西搬到应该堆放的地方时,他呀了一声,呀呀,他说,你这里还有这么多呢。

王才说,要是生意好起来,喝喝也快的。

还是自己开个饭店的好,田二伏刚才说的话,好像是受到了一些重视,至少王才的老婆一直不说话,因为他的话,她才开口了,甚至还笑了。田二伏受到鼓励了,他又说,打游击是没有出路的,租一个店面好了,市口要好一点,饭店和别的店不一样,市口很重要的。

咦,哪个店市口不重要呢。桂生说。

那倒也是,田二伏说,不过你要请厨师,厨师要请好一点的,关系很大的。

他们在说话的时候,感觉到一个堆杂物的地方有一点动静,起先谁也没有在意,仍然在说,是田二伏注意看了,他看见那里钻出一个小孩来,睡眼蒙眬地站在那里,王才的老婆这时候头一次放下手里的勺子,抓了一块牛肉给他。

睡醒了?

睡醒了。

因为田二伏在看小孩,小孩也就盯着他看了看,田二伏看出来小孩是斗鸡眼,他想笑,就对着小孩笑了笑,小孩也回报了他一个笑,那是一个斗鸡眼的笑,笑的时候,两个眼睛的黑眼珠完全并在一堆了。

小孩一边笑着,一边就到田二伏身边,他倚着田二伏,把田二伏的酒杯拿到自己嘴边,喝了几口,酒溅在他的嘴边,他用自己的小手擦了擦,又拿手往田二伏的衣服上擦了擦。

几岁了?

五岁,王才说,他满意地看着自己的儿子,五岁了,才长这么一点个子。

一个孩子吗?

怎么会呢,王才说,我这么老了,这个小孩这么小,看看也不可能呀,我的老大老二都二十出头了,他又看了看田二伏,像你这么大了。

是女儿啊?

没有女儿的,王才说,有女儿倒好了。

小孩现在爬到田二伏的腿上了,田二伏的嘴边可能有什么菜的痕迹,小孩用手抹他的嘴。

他们都笑起来。

咦咦,和田二伏有缘啊,小勇说。

好像认得的,桂生说。

我家的儿子,王才说,就是这样的,从来不认生,我跟他说的,你这样,让拐子把你拐了你也不知道的。

嘿嘿嘿,大家一起跟着王才笑了笑。

拐了去做人家的儿子喽,桂生说。

小孩只是爬在田二伏腿上,他又在弄田二伏的头发,把田二伏的头发弄得一根一根都竖起来了,他自己左看右看的,咦,咦咦,小孩嘴里发出奇怪的响声。

田二伏盯着小孩的斗鸡眼看,越看越觉得好玩,他一直想笑,但是忍住了,他觉得嘲笑一个小孩的斗鸡眼不大好,而且小孩对他这么亲,好像是他自己的小孩一样,他不好嘲笑他的。

后来他们酒足饭饱,可以结账走路了,账是小勇结的,这一点王才的眼光是准的,小勇是有一点领导的派头的,而事实上,小勇到了工地不久,真的已经做了一个小头头了,管着几十个人呢。所以现在他结了账,站起来对田二伏说,田二伏,走吧。

田二伏愣了愣,他们这样的喝酒,又经过市容队的惊吓,议论别的事情,再后来是小孩出来,过了这么些时候,田二伏几乎有点忘记堂叔的事情了,也忘记了歌舞厅被封,自己已经没有工作了。在他的感觉里,他一直是和小勇桂生他们一起的,他们是一伙的,是老乡,是同事,所以当小勇叫他走的时候,他就很自然地哎了一声。

田二伏要站起来了,但是小孩仍然坐在他的腿上。田二伏说,你下去,我要走了。

小孩就滑了下来,却又去牵了他的手。大伙又朝田二伏笑了。

你要跟他走吗?

嘻嘻。

你不好跟我走的,田二伏倒有些急了,我不好带你走的。

他们又一起笑起来了,王才说,老实人,他是个老实人。

小孩从什么地方拿出一颗糖来,糖纸已经和糖粘在一起了,剥也剥不开,小孩是要给田二伏吃的,但是田二伏看了看,恶心,他说,小孩咯咯咯地笑起来,他的手往自己头上抓了抓,抓住了什么,去给田二伏看,田二伏看了看,他的头发里居然也粘着一颗糖,真恶心,田二伏说。

嘻嘻。

王才也在一边跟着笑,一边笑一边说,小死人,小死人。

小勇和桂生看田二伏仍然在和小孩子嘻嘻哈哈,他们有点等急了,就说,田二伏,你到底走不走啊?

田二伏赶紧向王才挥挥手,跑过去了。

其实事情是很明显的,小勇和桂生听说了田远富的事情,他们是来帮助田二伏的,只是桂生不如小勇这么沉得住气,这么替人着想,他也算是熬了半天了,但是熬到最后还是忍不住要说出来,田二伏啊,桂生说,你堂叔到南方去挣钱了啊。

咦,你怎么知道的呢,田二伏说。

歌舞厅换了老板啦。

咦,咦咦,你知道的。

你就下岗了吧。

咦,田二伏想,这是我准备编出来骗他们的话,他们都已经帮我编好了呀,这是怎么搞的呢?

第 4 章

那天田二伏跟着小勇和桂生来到他们的工地,本来事情是很清楚的,小勇和桂生知道了田二伏的事情,就想来帮他一把,他们毕竟是一个村的,都是出来打工的,今天你帮我,明天我帮你,这个道理是不用人教的,他们天生都懂,只是田二伏还不好意思承认他堂叔出事了。小勇和桂生是了解他的,所以他们也不去戳穿他,决定带着田二伏去见工头。

他们一边说着话,一边就往工地上来了。这个工地在比较密集的居民居住区,属于旧城改造的范围。也就是要拆了旧房子,在原来的地方造新房子,所以他们这些外来的民工,等于是和那条街上的老居民做了邻居了,他们就生活在他们中间,这样比较特殊的情况,使得他们的举止言行也会收敛和文明一些,要不然居民要骂他们的。

居民骂他们的口头禅一般有这么几句:

外地人。

乡下人。

野蛮。

拎不清。

也就这些,你叫他们骂得再厉害一点,他们也做不到,除非你真的惹火冒了他们。

现在小勇桂生带着田二伏穿行在老街上,正是下晚的时候,老街上人来人往,买菜的,接孩子的,下班的,熙熙攘攘的,一个妇女的自行车后座上带着个孩子,孩子坐得不安分,扭来扭去的,妇女可能车技也不怎么样,所以车子也扭来扭去的,一会儿就掉了下来,不过因为骑得慢,掉下来也没有什么。那个小孩还在笑呢,但是妇女有些恼火,她瞪了小勇他们一眼,就说,乡下人,会不会走路?

咦,桂生说,你什么事情?

什么什么事情?妇女撑着车子拉着小孩,对他们说,你们几个横排在路上,叫别人怎么骑车?

他们是有些横排着走的意思,因为他们一边走一边在说话,所以虽然不是很平整的一排,但毕竟算是并排着在往前走,现在既然妇女有意见,他们就分开了一点,走成前前后后的样子,这样妇女也就不再多说什么,重新骑上车,小孩也重新爬到后座上。她仍然骑得歪歪扭扭的,还差一点撞到别人身上,有人就笑起来。

睡不着觉怪床。

拉不出屎怪马桶。

嘻嘻。

这话不是小勇和田二伏他们说的,是老街上的居民说的,田二伏听到他们这么说,觉得很亲切,虽然口音是不一样的,但是在他的家乡也有这样的比喻,也是这样说的。

这个女人蛮的,有人这么说,说话的人是在路边坐着看西洋景的闲人。

外地人也烦的,也有人这么说。

拆得一塌糊涂,路也不好走,有人又说。

这也不能怪他们,老板叫他们拆的,又有人这么说。

田二伏和小勇桂生穿过他们随随便便的议论,往工地上过来,就看到了工头,他也是一个外地来的民工,只是在城里做的时间长了,就变成了工头。他是可以不用干活的,只要张着一张嘴、伸出一根手指头就可以,东看看西看看,看到不满意的地方就指出来,心情好的时候,会讲点道理,心情不好的时候,就要骂人,他骂了人,人家也不敢吭声,因为用人的权掌握在他的手里,他高兴了,今天可以叫你来上班,他不高兴,明天就可以叫你走。我工地上不要你,他可以毫无理由地对民工说这样的话,民工是无处讲理无处申诉的,所以他们只能对工头恭恭敬敬,甚至还要讨好他,他如果到工棚里来看看,他们会争着给他递烟、泡茶,称呼他老板,虽然他们知道他并不是真正的老板,但他喜欢他们叫他老板,所以虽然看上去他穿的衣服走路的样子都是和一般的民工差不多,但是实际上骨子里他们已经相差很远了。

工头看到小勇和桂生带了田二伏来,问也不问,就知道是介绍来做工的,就点了点头,你带带他啊,他对小勇说。

晓得的。

工头对小勇是很信任的,因为他说了这一句话以后就走了,其他的事情,田二伏来工地做活的所有的事情,吃啦,住啦,做什么活啦,都是可以交给小勇去管的。

田二伏跟着小勇桂生到工棚看了看,这就是他以后在这里住、在这里生活的地方了,要住多长时间,这是谁也预料不到的,当然这时候田二伏也不会去想这个问题,他现在还有一点神魂未定呢,因为一切都来得比较快、比较突然,他一时间还有点接受不了。

工棚里都是打的地铺,一个紧挨着一个,一个大房子里可以住很多人。

嘿嘿,田二伏说,我以前想象的打工就是这样的,而不是那样的。

不是哪样的?他们问。

我住在那边的时候,是四个人一间,是上下铺的。

上下铺,桂生说,像学校那样的?

是像学校那样的。

他们和别的打工的人也一起说起话来,人家就问起来了,一个村的?

一个村的。

他中学毕业呢,桂生说。

中学生噢,人家说,喔哟,中学生呢。

我是一个字也不识的,有一个人说。

我只念了三年小学哎,另一个人说。

比比就不一样了,他们说。

有什么不一样?小勇说,不是一样的打工。

他们说了说话,田二伏的心情开始平静了一些,他把收音机拿出来,打开了收音机,声音嘶啦嘶啦的,田二伏这才想起买过两节电池的,但是他摸了摸口袋,新买的电池却不在了,咦咦,他想。

什么?

买的电池没有了。

掉了。

可能是那个小孩拿走了。

哪个小孩？

咦，大排档的那个。

噢噢，那个斗鸡眼啊。

田二伏立起身来，我去买电池啊，他说。

那天晚上你也是去买电池，桂生说。

哪天晚上？

就是我们跟你说要出来的那天晚上，在小店里你不是去买电池的吗，我还问你去不去，你说不去。

我没有说不去。

但是你也没有说去呀，桂生说，你当时还骂小翠呢。

嘿嘿。

你不是过了几天就出来了吗？

那是我堂叔叫我出来的，田二伏说，我堂叔来叫了我三次。

你不是来找马小翠的呀？小勇说，人家说你出来追马小翠了。

现在收音机里连嘶啦嘶啦的声响都没有了，不行了，田二伏说，我要去买电池了。

走出去往左拐就有一个小卖店的，桂生说。

桂生陪他去一趟吧，小勇说。

不用的不用的，田二伏说，我自己去。

田二伏往左一拐，果然看到了小卖店的灯光，他的心里就想起了家乡的小卖店，那灯光真是一样的温馨啊，但现在毕竟身在异乡了。田二伏这么想着，心里有一点漂泊的感觉，这漂泊的感觉是酸溜溜的，有点涩也有一点甜的味道。

小卖店的里边和外边都站着一些人，他们说着话，柜台里边有一台小的黑白电视机,画面像雪花一样,不知在放什么节目,虽然是开着的,但是也没有人关心它,他们只是在说话。

在买电池的时候,有一个人走到田二伏的身边,拉了拉他的衣襟。

自行车?他的声音很低沉,而且含混不清。

什么,田二伏没有听清楚,你说什么?

自行车。

自行车,什么自行车?田二伏仍然没有反应过来。

那个人神神秘秘地向田二伏招了招手,把田二伏叫过去,墙角放着一辆自行车,帮帮忙,他说,老娘病了。

你要干什么,要卖自行车?田二伏已经猜到一些,但是他不能确定他的猜测对不对。

是呀是呀,那个人说,我要赶回家去。

也是外地来的?

是呀是呀,他说,同是天涯沦落人。

咦咦,田二伏想,听口气蛮有文化的,你念过中学啊?

唉唉,不说什么念书不念书了,他很急的样子。再不赶回去,要见不着老娘最后一面了,帮帮忙,这车子五成新有的啊。

田二伏看了看车子,是有五成新的样子,但是他不需要车子。

帮帮忙了,那个人的眼睛几乎要勾到田二伏的口袋里了,你身上有五十块吗?

没有。

三十块?

没有。

那,二十块肯定有的,就二十块拿去啊,那个人已经向田二伏伸出手来了。

咦咦,田二伏说,我跟你说我不要车子呀。

要的要的,要车子的,他说,就算你自己不用,你一转手,就赚了。

我也不要转手,田二伏说。

那你就自己骑。

我不要骑的。

你要骑的。

田二伏的手不由自主地伸到口袋里了,再回出来的时候,就拿了两张十块的票子,那个人伸手一拉,钱就拿过去了。大恩大德,大恩大德,他说。

田二伏只是看了一眼车子,那个人就已经往前奔走了,哎哎,田二伏叫喊起来,车钥匙呢。

那个人虽然奔得快,但倒是负责任的,一边奔一边回头说,在车上。

田二伏过去看看,车钥匙果然在车上,他推起车子,又回到小卖店这里来了,但是就在他刚刚回到小卖店门口的时候,传来了乱糟糟的吵闹声,抓贼啊,抓贼啊,有人叫喊。

事情其实是明摆着的,那个人偷了车,就弄到这里卖给田二伏了,事情发生得太快,追贼的人追到这里,看到车在田二伏手里,当然认定田二伏是贼,这是合情合理的,恐怕没有人不这么想。

抓住了,他们看到田二伏和车,就大喊大叫起来,在这里,抓住了。

田二伏也明白发生了什么事情,不是我,不是我,他说,不是我。

他的声音实在太软弱无力,肯定没有人会相信他的话,他们差不多就要动手动脚了,他们是这条街上的居民,自从有外地民工住过来以后,他们已经被偷过许多次,他们早已经义愤填膺了。

外地人贼胚。

乡下贼骨头。

不是我,不是我,田二伏只会这么说。

但是田二伏真正是属于人赃俱获的那一种,他有一百张嘴也是讲不清的,他说他是二十块钱买来的,他说是一个不认得的人强行卖给他的,他说他本来根本就不要车的等等,但哪里会有人相信他呢。

偷了东西还赖。

贼骨头要请他吃生活的。

不吃生活下回还要偷的。

送派出所。

围观的人越来越多,他们更加七嘴八舌了。

外地人来了,我们就不太平了。

外地人来了,我们就不安逸了。

外地人不来,我们门也用不着关的。

外地人不来,我们不要太定心噢。

不过也不是完全一面倒的,也有人说几句别样的话,他们说:

不过话说回来,苦的生活全是外地人做去了。

还有脏的生活。

扫垃圾。

倒马桶。

造房子。

他们的话题就说远去了。

现在造房子的全是乡下出来的农民,工人哪里去了呢?

工人下岗了。

嘻嘻。

但是失主不要听他们这些话,他觉得他们的话都是废话,他现在是人赃俱获了,他不但要拿回这一辆车,他还要跟田二伏算以前的账。

这是第三辆了,他说,前边还有两辆呢?

不是我。

就是你。

后来就不仅仅是失主追查他了,又有别人也参加进来。

我家的皮夹克。

我家的电吹风。

我家的高压锅。

外地人什么东西都要的。

拿得去当废铜烂铁卖。

田二伏无法可想了,小卖店里的灯光刺着他的眼睛,现在他也没有家乡般的温馨感觉了,但是这个刺眼的灯光倒让他想起该说什么话了,你可以问小卖店里的人,他说,你可以问他们。

问他们什么?

我刚才过来买电池的时候,是没有车子的,他转向小卖店的人,你们可以作证的,我是不是空着身体走过来的。

好像是。

好像不是。

刚才我正想买电池的时候,有一个人把我拉到那边,他说他家里老母亲病了,要——

你骗谁啊。

把我们当憨大啊。

把我们当小孩啊。

你们可以问小卖店里的人,田二伏又说,他们可以作证的。

好像是有一个人。

好像没有的。

小卖店里的人因为要作证,所以也是认真的,他们认真地想来想去,但仍然是有人觉得是有人觉得不是。

就算是,失主说,就算是有一个人把你叫走了,这个人肯定是跟你一伙的。

不是的。

他偷上手了就来叫你。

不是一伙的,田二伏说,根本不是的,我根本就不认得他,他的说话口音和我也不一样的,不信你们问小卖店里的人。

好像是。

好像不是。

他们终于失去了最后的耐心,不要跟他啰唆了,他们说,抓到派出所去。

他们就想去抓他了,田二伏没有反抗,也没有想逃跑,他想,跟他们这些人真是说不清,可能到了派出所,反而说得清了。

但是这时候小勇和桂生来了,他们可能等了半天不见田二伏,就出来找他了,来的时候,正好大家要抓田二伏到派出所去,他们说他偷了自行车。

慢点,小勇说,你们是要抓他吗?

小偷呀。

抓小偷呀。

你们说他是小偷,所以你们要抓他到派出所,但是如果派出所查出来你们抓错了怎么办?

他们有一点迟疑了,反正是他偷的,他们说。

假如你们敢咬定,小勇说,你们就抓他到派出所,但是假如你们抓错了,要赔偿的。

赔偿什么呢?

名誉损失和精神损失。

要多少呢?

那就难说了,小勇说,要看他受伤害的程度。

弄不好就是几千几万的,桂生说。

咦咦,他们既迟疑又不服,哪有这样的道理?

这叫法律,小勇说,你们不懂法吗?

他们不懂法的,桂生说。

他们果然有一点犹豫了,算了算了,就有人开始后退,反正车子拿到了。

那还有以前的呢?有人不想退。

以前的就算自己倒霉吧,他们有点息事宁人了,后来他们就慢慢地散开了。小勇和桂生都是五大三粗的样子,而且还会讲法律,他们也吃不透,就想大事化小,小事化了了。

你们要是抓了你们就倒霉了,桂生说。

田二伏半个小时前才头一次到这个地方,小勇说。

他是来买电池的,桂生说,他喜欢听广播。

他们朝田二伏看了看,半个钟头前才来的吗,这个人?他们将信将疑,就去问小卖店里的人,他是不是陌生面孔?他们说,这个人是不是陌生面孔?

小卖店里的人也看看田二伏,好像是,陌生面孔,好像不是,他们说。

小卖店里的人把电池交给田二伏,他们三个人就往工棚去了。

田二伏一直不说话,他的情绪很低落,小勇和桂生也能够体谅他的心情,碰到这种事情,被冤枉了,谁会开心呢?所以小勇提出一个主意来,想让田二伏心情好一些。

不如我们陪你去找马小翠。

咦咦,田二伏觉得小勇忽然提出这个主意,令他一时有点猝不及防,甚至心里有点慌了,脸也有点热了,好像他们已经找到马小翠,马小翠已经站在他的面前,对他说,嗨,田二伏哎。

前次马小翠遇到小勇桂生的时候,曾经留了一个地址的,现在小勇找出这个地址,他们便按照地址去找马小翠,但是那里的人告诉他们,马小翠不在这里了,她好像到一个超市去工作了,到底是在哪个超市,在哪个地段,她们都说不清楚。

他们沿着原路回去,路上就经过超市了,他们走过去朝里边看了看,有一个人穿过出口通道的时候,机器叫了起来。

你拿什么了?营业员上上下下地打量他。

这个人张开两只手,一脸无辜的样子,没有呀,没有呀,他说,你们看,我哪里拿东西了?

但是那个机器仍然在叫,呜呜呜呜,像警报的声音。

大家的眼光在这个人的身上扫来扫去,最后就扫到了他的裤裆那儿,营业员有点尴尬,因为这个人是男的,她是女的,她不大好指着他那儿说什么,后来就来了一个男的,他可能是这里的经理,他是无所谓的,他指着那个人的裤裆,拿出来吧,他说,你逃不出去的。

那个人没有办法了,从裤裆里把偷的东西拿出来了,是一盒草莓奶油派。

嘿嘿嘿。

嘻嘻嘻。

看的人都笑起来,连经理也要笑了,他虽然在忍着,但是笑意从脸上的每个部位都要爬出来了。

反正也是一个偷了,有一个人说,不好偷点值钱的东西?

蠢货。

笨胚。

万一逃过了,不就合算了?

逃不过的,田二伏也参与他们的事情了,他说,逃不过的。

就是,别人附和说,要是都能逃得过,超市不要赔光的?

咦咦,那个偷东西的人想不通,他挠着头皮在想,仍然想不通,他有点莫名其妙,我藏在裤子里,机器怎么会叫呢,它是X光吗?

你的东西没有消磁呀,田二伏说,没有消磁机器会叫的。

什么消什么?那个人听不懂了。

消磁,消灭的消,磁场的磁,消磁你不懂的,田二伏说,就是说,你要想办法把货物上的密码磁条弄掉,出来就不会叫了。

咦咦?现在经理和营业员都盯住田二伏了。

你想干什么?

你怎么晓得的?

你做过这样的事情吧?

怪不得我们超市老是被偷。

小勇见田二伏又要惹点什么事情了,哎呀呀,他说,走吧走吧。

田二伏说,奇怪了,磁条的事情我是听广播里介绍的呀,难道广播里他们也是偷过超市的吗?

他们走开的时候,听到那个偷东西的人在哀求说,我其实不想偷的呀,我是看见这个派,我不知道派是什么,什么是派,我想见识见识新鲜东西。

嘿嘿嘿。

嘻嘻嘻。

大家又笑了笑。

乡下人。

面汤水,拎不清。

田二伏回头看看那个人,他叹息了一声,唉唉,他说,素质这么差。

他们回到工棚就睡了,不一会儿,小勇和桂生都发出了鼾声,但是田二伏却好一阵没有睡着,他心里乱乱的,乱七八糟,想了很多的事情,却没有一个有头绪的。

第二天田二伏跟着小勇桂生上工地去干活,他们穿过老街小巷的时候,有人认出他来了。

喏,就是这个外地人。

偷自行车的。

虽然他们没有当面指着田二伏说,但是他们在背后指指戳戳,使得田二伏和小勇他们好像背上有蚂蚁在爬来爬去,很难过。

甚至他们到了工地上,还有人专门跑过来看他,好像他是一个新鲜的东西,他们站在工地边,手向这边指着,有的人看不清,互相问来问去,哪个?哪个?有人就回答,喏,那个,那个。

哎呀呀，小勇和桂生也觉得有点烦了，后来他们对田二伏说，你就那么爱听广播啊。

你要是不去买电池，不就没有这个事情了吗？你要是没有这个事情，这些麻烦的人就不会来看你了。

田二伏不好说什么，但是他心里涩涩的，他决定要做一件事情，不过这件事他暂时没有说出来。

晚上田二伏就守在这条老街的角落里。

田二伏守候这个小偷守了三个晚上，在第四天天刚亮的时候，他终于把他堵在了犯罪现场。

你还有什么好说的？田二伏说。

我没有什么好说的了。

你还认不认得我？

认得认得，小偷说，你是警察，便衣警察哎。

田二伏在微微的晨光中，发现自己抓的不是那个卖自行车的小偷，是另一个小偷，田二伏一时有些尴尬，但是想了想，还是要抓他的，他走上前去靠近了小偷。

别打我，小偷说，我老实的，我从小就老实的。

田二伏心里偷偷地一笑，就在这个时候，这个老实的小偷像兔子一样蹿了出去，他蹿到墙边，手抓住护栏，噌噌两三下，眼看着他就上了墙，小偷蹲在墙上欲往外跳，突然就停了下来，回头朝田二伏看着，苦着脸说，想不到外边这么高。

你跳呀，田二伏说，你跳呀。

我不敢，小偷说，这么高，我跳下去不要摔死？

你试试看，田二伏说。

你不要骗我，小偷说，你肯定是骗我的，跳下去肯定要摔死的，你想骗我跳下去,我才不上你的当。

田二伏站在墙下望着他,你既然不往外跳,那就往里跳吧。

往里跳?小偷想了想,说,往里跳是矮多了,但是往里跳正好跳在你面前,你就可以抓我了,我才不上你的当,我不跳的。

那你怎么办?田二伏说,蹲在墙头上过年?

不可能的,小偷说,从现在到过年还有好长时间呢。

那只有一个办法了,田二伏说。

什么办法?小偷的眼睛在黑夜里闪闪发亮。

我上墙来捉你呀,田二伏说,你不肯下来,我只好来迁就你了。

那,那,小偷说,那不好意思的。

那你就跳下来,田二伏说。

好的,那我就跳了噢,小偷说,我有点怕的,我闭上眼睛,你等等,你等等,你让我先喘一口气,我人还没跳,心倒先跳起来了,哎呀呀,心跳得这么快,会不会是心脏病噢——

在啰里啰唆中田二伏听到扑通一声,小偷跳下去了,但他不是往里跳,而是往外跳了,田二伏一急,也蹿上墙去,往外面的地上一看,小偷正躺在地上哼哼,哎呀,哎呀,警察,你不要跳下来,我反正逃不掉了。

咦,田二伏说,变成我蹲在墙上过年了?

警察,警察,小偷说,你听我说,你要是跳下来,砸在我身上要把我砸死的,你要是不砸在我身上,你就会砸在地上,地上这么硬,你自己也要受伤的,何苦呢,已经有一个人受伤了,不要弄得两、两——那个什么伤了。

两败俱伤,田二伏说。

是两败俱伤,是两败俱伤,小偷嘿嘿地笑了一下,警察,你蛮有文化水平的呀。

田二伏从墙上一溜就滑了下去,站在了小偷的面前。

咦,小偷说,咦,你怎么下来的?

你以为警察是吃素的?田二伏说。

不是的不是的,小偷说,警察是吃荤的,所以力气大。

废话不少,田二伏拉起小偷说,走吧,废话再多你也逃不了。

哎哟,小偷刚刚走了一步,大叫起来,哎哟,哎哟,痛死我了。

田二伏扶着小偷来到派出所,小偷的额头上全是汗,小偷抹了一把汗,把湿漉漉的手伸给田二伏和几个警察看,你们看看,你们看看,我出汗了呀,他说,我是有病的人呀。

警察们都笑了起来。

这里是派出所,不是医院啊,一个小警察说。

看起来真的伤了,一个老警察说。

怎么是看起来,小偷说,不看也知道是受伤了。

要不要送医院看一看,田二伏说,要不要?

你说废话呀,小偷说,都伤成这样了,还问要不要看,你们警察怎么这么没有人性啊。

你说话牙齿足足齐啊,小警察说话的时候,忽然感觉到哪里不对,瞪着他们看了一会儿,你们两个,到底是哪里的?

田二伏被他一吓唬,一时有些发愣。

咦,小偷先反应过来了,他突然聪明起来,他已经猜到田二伏根本就不是警察,咦咦,原来你是,原来你不是,他对田二伏笑道。

什么是不是的,小警察说。

田二伏刚要说话,小偷抢先了,警察啊,我们是老乡,我的脚摔坏了,我老乡陪我来求警察帮忙的呀。

你叫你老乡背你去医院,小警察说。

哎呀呀,小偷说,我这个老乡,你看他长得蛮高蛮大,其实没有力气的,他老婆都嫌他出工不出力的。

好了好了,老警察一拍桌子站起来说,张毛四,别装腔作势了。

脏猫屎?小偷东张西望,问田二伏,你叫脏猫屎啊,恶心死了。

咔嚓一声,老警察的手铐已经把张毛四铐住了,他又和田二伏握了握手,谢谢你啊,我们找他找了好些天了,狡猾得很。

啊哇哇,我真的呀,小偷说,我要发病啦,你们看好啊,第一步就出汗,然后我的眼泪鼻涕都要下来了,再然后我嘴里就会吐白沫了。

你羊角风啊,老警察说。

小偷想站起来,一立,脚痛得又坐了下去,你怎么知道,你怎么知道?他很崇拜地盯着老警察,你一眼就能看出我的病来,你比算命先生看得还准呀,我羊角风马上就要犯了,你们要找一块木头让我咬在嘴里,不然的话我要咬人的。

小警察用脚踢踢凳脚,这是木头,你咬吧。

小偷的眼泪鼻涕果然下来了,但是嘴里没有白沫,咦,小偷咽了口唾沫,咦,没有吐白沫,咦,我的羊角风怎么还没有来?

你的羊角风要看时辰?小警察说。

时辰?小偷说,时辰倒不一定,可能要看场所,这里是什么地方?这是派出所呀,羊角风它敢犯吗?它不敢的。

小偷一边说着,汗和眼泪鼻涕不停地往下滚,老警察走过去,抓起他那只摔伤的脚捏了一下,小偷杀猪般地叫喊起来。

小王啊,老警察说,你送他去医院吧。

小警察十分不情愿地站起来,狠狠地瞪了小偷一眼,叫老子给小偷开车,他说着走了出去。

他是四川人吗,小偷说,四川人称自己为老子的。

田二伏觉得有点过意不去,要不,他试着说,要不,我也一起去。

老警察摆了摆手,小偷一瘸一瘸瘸到门口的时候,还回过身来对田二伏说,脏猫屎啊,明明你是脏猫屎啊。

我不是的,田二伏对老警察说。

老警察当然是洞察一切的,他向田二伏笑了笑,问道,你怎么抓住他的?

门口小偷又在大呼小叫了,啊呀呀,我走不动呀。

小警察退回来,狠狠地说,走不动,我背你?

谢谢,谢谢,谢谢警察,小偷说。

小警察真的往小偷前面一蹲,小偷就趴到他背上了。

咦咦,田二伏想,城里的警察真好呀,乡下的警察要打人的,他们对不好的人抬腿就是一脚,拉起来就是一个耳光,还要骂粗话呢。

小警察走了两步就喘气了,小偷看上去不胖,却死沉死沉,小警察说,你全赖在我身上了。

嘿嘿,小偷说,警察你真好。

你是怎么抓到他的?老警察又问了。

我没有偷自行车,他们说我偷了,我就去抓偷车贼,我守了三个晚上,后来就守到他了,但那不是他,田二伏说了说,觉得自己没有说清楚,就试图重新再说一遍,但是老警察已经听懂了,他抓住田二伏的手,谢谢啊,再次谢谢啊。

不用谢的,田二伏说,不用谢的。

田二伏为了抓小偷,几个晚上没有睡觉,他再去上班的时候,就在班上打起了瞌睡,甚至睡着了,还打呼噜。工头看见了十分生气,你走吧,他说,我可不是请你来睡觉的。

咦咦,田二伏当时被惊醒了,一时还没有清醒过来,想了一会儿才想起是什么事情,咦咦,他说,我去抓小偷了,我抓住小偷了,嘿嘿,那个小偷竟然蹿到墙头上去了,我也跟着上去了,他又跳下去了,我也跳下去追他,嘿嘿,我从来没有爬过这么高的墙头,嘿嘿,奇怪的,我怎么会上去的呢,你现在叫我上去,我是上不去的。

田二伏回想起抓小偷的精彩片段,讲述得有点眉飞色舞,他是要一直讲下去的,后面还有到派出所的事情,还有小偷装羊角风、警察识破他的经过,都很精彩,但是田二伏看到工头的手臂抬起来,向他挥了一下,他意识到这是在阻止他继续说话了,田二伏就停下来,他是想听听工头有什么想法,然后再继续讲他抓小偷的故事,可是工头乘他稍一停息的间隙,马上说,既然你会抓小偷,你不如到派出所去做警察吧。

田二伏张着嘴,没有说话,因为他觉得他不大好回答工头的话。

工头看到小勇想替田二伏说话,决定不让小勇说出来,便摆了摆手,小勇你不要说情了,他说,你说情也没有用。

工头现在看起来并不是很凶的样子,但是他的口气十分强硬。小勇知道,这件事没有回旋的余地了,工头这个人,他们已经摸透了,如果他的样子很凶,吃相很难看,甚至骂人了,那说不定事情还有希望,但是如果他是冷静的,看上去不凶,事情反而没有希望了。

第 5 章

　　劳务市场其实也看不出是什么市场,就是乱糟糟的一些人,三五个一堆,四六个一群的样子,叽叽咕咕,好像很神秘的,好像他们手里都掌握着重大的职业秘密,不能给别人听了去,田二伏靠近了想听听,他们就警惕地看看他,不说话了,后来田二伏走开了,他们就又说话了。

　　我又不是——田二伏说。

　　又不是什么?

　　田二伏也不知道他们是要防谁的,是防警察呢,还是防记者,或者是防别的什么人——工商税务?反正田二伏看上去也不像别的什么人,他就像一个外地来的民工,来这里是想找一个工作的,一般在这里混了些时间的人,有些经验的人,应该都看得出来,但是他们仍然不愿意让他听见他们的谈话内容。田二伏瞎转了转,看见一个年纪轻的女孩子跟着一个老人走了,她是去做保姆了,田二伏想,这里倒是女的好找工作呀。

　　在劳务市场上还有一种人是不神秘的,他们很公开,手里举着一个牌子,上面写着字。

力工
漆工
电工
木工
瓦工
水暖工

等等。

他们的脸色是平静的,并不着急,也没有什么特别的期盼,他们蹲在那里,也有的是站着的,有几个还凑在一堆打牌,有雇主过来喊他们。

喂,漆匠。

哎,老板,要做活啊。

漆地板是怎么算的?

四十块钱一平方。

贵。

不贵的。

我再问问别人。

你去问好了。

雇主就走开了,他们继续打牌,或者继续说说话。又有人过来了,喂,师傅,你是做木匠的?

木匠。

有资质证书吗?几级的?

没有的。

他还资质证书呢,别人说,要么鸡脚证书。

他们笑了笑,打听的人也走开了,然后又有人来,又有人走。田二伏看了看,他如果也要站在这里,能举一个什么牌子呢,至多也只能是力工,他是没有一技之长的。就在左顾右盼中,田二伏的眼前突然亮了一下,前面有一块牌子,上面写着:为您服务中介公司中介处。

这里有一张桌子和两个人,他们不像漆工木工那样悠闲,他们口中不停地喊着,劳务中介啊,劳务中介啊。

有些人只是走过看看,并没有被他们所打动,但是更多的人,像田二伏这样的,就被他们的声音吸引过去了。

只收手续费十元啊,他们中的一个说。

十元钱找工作啊,另一个人说。

他们的桌子前围了很多人,田二伏要用劲挤才能进去,别人还不愿意他挤在前面,先来后到,他们说,你挤什么?

可以介绍到哪里呢,他们问道。

去处多呢,他们回答。

服装厂。

玩具厂。

汽修厂。

等等。

都是十元吗?

一律十元。

便宜的,他们说着,就掏钱出来,去交了。但是也有人表示怀疑,怎么这么便宜呢?怀疑的人说。

咦咦,他们不满意地看看这个人,便宜反倒不好啊,那我们多收你一点好了,你愿不愿意呢?

我不是这个意思,这个人说,人家都说,便宜没好货。

货好不好,你可以自己去看呀,他们说,你可以货比三家呀,你可以到别的中介公司去试试呀。

他们的口气石骨铁硬,叫人不得不相信。

接下来是要填一张表格的,大家拿到表格都有点激动,感觉到事情像真的一样了,感觉到机会已经在向他们招手了,他们忙乱地填了,有不会写字的,就请别人代写,田二伏自告奋勇帮助了好几个人。然后中介公司收了表格,就进行第三步了。

第三步是收手续费,他们说。

啊啊。

一百元。

啊啊。

怎么这样的呢?

不是说十元钱找工作的吗?

交了一百元再怎么样呢?

交了一百元,就发介绍信了,他们说,你们拿了介绍信就直接到厂里去报到了。

就上班了。

有人掏出一百块钱来,也有的人掏不出来,他们看着有一百块钱的人,很羡慕的样子。田二伏身上是有一百块钱的,但是他犹犹豫豫,没有拿出来,人家就催他了,办不办啊,办不办啊?他们好像能看出谁身上有钱谁身上没钱,他们就盯住身上有钱的人说话。

过了这个村可没有这个店啦,他们说。

招工也只是一次性机会啊。

到时候你想进也进不了啦。

到时候你出一千块也进不去啦。

他们这样一说,又有几个犹豫的人拿出钱来了,其他没有钱的人都看着他们,看着拿钱出来的人,也看着有钱而没有拿出来的人,田二伏被他们看着,也不由自主地去拿钱了。

好啊,好啊,中介公司的人满脸笑容了,他们开始开介绍信,一边写上他们的名字,张三、李四、王五,一边说,本来呢,还有三十块钱的代办费,也免收你们的啦。

介绍信是很简单的,某某单位,兹介绍民工某某某来你单位工作,下面落款是为您服务中介公司,一个大红的印章。

拿到介绍信的人,都仔细地看过,然后小心地收好,他们问,我们就可以去了?

可以去了,你到玩具厂,坐3路车直达。

你到服装厂,坐20路中巴。

这样他们怀揣着介绍信就像怀揣着定心丸,准备出发了,但是接下来却发生了一桩意想不到的事情,有一群人吵吵嚷嚷地拥了过来,他们一路过来一路骂着人。

骗子。

流氓。

恶劣分子。

虽然他们七嘴八舌地乱说乱吵,但是别人都能听得懂,因为对这个事情,大家都是敏感的,尤其是拿出十块钱又拿出一百块钱的人,一下子都已经听懂了。

这是前一批报名的人,他们拿了介绍信到单位去,单位说,我们早已经招满了,不要人了。他们就回来了,要向中介公司讨回一百块钱。

钱是不可能还的,中介公司说,你们报名找工作,我们给你们介绍了工作,我们当然要收费用的,至于人家单位已经招满了人,这是人家单位的事情,与我们无关的。

骗子。

强盗。

接着就发生了事件,他们一哄而上,去抢被骗去的钱,甚至连没有交钱的人也去抢了。那时候田二伏站的位置离他们的钱箱最近,他一伸手就拿回了自己的一百块,他的心慌得很厉害,手心里出汗,他赶紧挤了出来,有人说,傻×,离那么近,你不好多抢几张。

警察闻讯赶来的时候,中介的那两个人,抱着头蹲在地上哭,也还有人围着继续看,有人试图去告诉警察发生了什么事,警察却摆了摆手,他们对那两个哭着的人说,起来跟我们走。

那两个人说,警察啊,我们被抢了。

警察说,你们搞地下劳务市场,还诈骗,抢了也是活该,没被人砍了算你命大。

大家哄笑起来,田二伏听到笑声,回头朝这边看看,就觉得有什么东西在牵他的衣角,起先也没怎么在意,后来感觉越发明显了,便回过了头。

咦,田二伏既惊又喜,咦咦,你呀,是你呀。

王才的小孩正朝着他笑呢,他的斗鸡眼笑起来就斗得更厉害了,眼睛里的两点黑豆几乎是并在一起了。

嘿嘿嘿,田二伏好像见到了久别的亲人,心里有一点温情生出来,他想抱抱小孩,但又觉得不好意思,他就摸了摸小孩的头,小孩的手就伸到他的手掌里来了。

你怎么来了？你爸爸呢？田二伏四处看看，没有看到王才，也没有看到王才的女人。

你跟你爸爸来的？

嘻嘻。

你跟你妈妈来的？

嘻嘻。

咦，你这个小孩，田二伏说，怎么不说话，是哑巴吗？

已经有两个人开始注意到田二伏和小孩了，他们先是在一边默默地观察，并且交换着眼光，过了一会儿，就有一个走过来搭讪，嗨，他向田二伏笑笑，扬了扬手，好像是老相识。

哎，田二伏也答应了一声，他有点似曾相识的感觉，要不然那个人怎么会这样跟他打招呼呢，这么近乎，这么随意，田二伏努力地想了想，但是没有想起来。

那个人掏出烟来敬田二伏，顺便看了看小孩，是你的小孩吗？

不是我的，田二伏有点不好意思，我还没有结婚呢。

那是，那个人说，看得出的。

这时候他的那个同伴也走过来了，他们又交换了一下眼色，然后他们对田二伏做了一个手势，是伸出五个手指的手势，但是伸了以后，很快又收回去了，从他们脸上的表情看，好像什么手势也没有做过，是若无其事的。

什么？

他们又伸了一下手，并立即收了回去。

五？

怎么样？

田二伏摇了摇头，他还没有明白是怎么回事。

那你开个价,他们中的一个说。

也不能太那个啊,他们中的另一个说,毕竟是个斗鸡眼啊。

田二伏心里忽然闪过一点什么,既模模糊糊,又有些清晰,田二伏努力地想捕捉,但是刚刚要捉到,好像又滑走了。那是什么呢?那是一种感觉,一种想法,一种认识。

他们中的一个又开始伸手了,这回他伸的是六。

就这个了,不能再多了,他们说。

我们会给他找个好人家的,他们说。

他跟着你也不见得有什么好,他们说。

幸亏了是个男的,要是女的,又眼睛不好,你连这个价都没有的,他们又做了个手势。

咦咦,现在田二伏心里的那种感觉越来越清晰了,他已经完全明白了,他们要买王才的儿子,给他六千块钱。

啊哈哈,田二伏不由得笑起来,而且笑得很响,把那两个人吓了一跳,不明白在讨价还价最紧张的时刻,这个人怎么会傻笑起来,他们愣愣地看着田二伏,不知他哪根神经搭错了。

啊哈哈,啊哈哈,田二伏笑。

啊哈哈,啊哈哈,小孩也笑,他笑的样子和声音与田二伏很像,他一笑,黑眼珠就斗成一团。

毛病啊,他们说。

田二伏终于笑够了,他拍了拍小孩的头,说,他又不是我的孩子。

当然不是你的孩子,他们虽然对田二伏感到莫名其妙,但是仍然抱最后一丝希望,我们见过做这一行的人多啦,哪个会卖自己的小孩呢。

他是别人的孩子,田二伏说,别人的孩子我怎么能卖呢,我要是卖别人的孩子,我不成了人贩子吗?

你什么意思,他们的脸色有点变了,看着田二伏的笑,他们突然感到恐怖起来,你什么意思?

嘿嘿,田二伏笑。

嘿嘿,小孩也笑。

你,你到底是干什么的?他们一步一步往后退了,退到一堆人群里,一下子就消失了,连影子也不见了。

哈哈哈,田二伏又笑。

哈哈哈,小孩又笑。

他们手牵着手,在市场里转了转,也没有见到王才和他的老婆,田二伏说,你自己跑来的?

嘿嘿。

你来干什么?

嘿嘿。

这里有人贩子的,你乱跑什么呀。

嘿嘿。

田二伏就牵着小孩的手,把他送回家去。

其实根本就不是田二伏把小孩送回家,而是小孩领着他回来的,因为从前田二伏只知道王才在一条街上摆大排档,但那条街又不是王才的家,他摆大排档是要打游击的,今天躲到东,明天躲到西的,田二伏根本不知道王才住在哪里,所以准确地说,是小孩把他领过来了。

哎呀呀,王才远远地看见田二伏,就喊叫了起来,啊呀呀。

田二伏以为他是着急孩子不见了,连忙说,王才,你儿子跑到劳务市场去,一个人在那里乱走。

王才只是刮了儿子一个头皮,热情却是在田二伏身上,他看着田二伏,笑得合不拢嘴,咦咦,咦咦,是你呀,怎么会是你呢。

是我呀,田二伏说,你还记得我啊。

怎么不记得呢,王才高兴地说,我想去找你的,但是不知道怎么个找法,这真是有缘千里来相会啊。

田二伏这时候才定下神来看王才的地方,咦咦,田二伏有点意想不到,这是一个饭店呀,他说。

是一个饭店,王才说,怎么不是一个饭店呢。

咦咦,咦咦,田二伏说。

你是不是觉得像做梦呢,王才说,我自己也觉得像做梦呢。

做梦也做不到的呀,田二伏真是从心底里佩服王才,他说,换了我,我是做梦也做不出来的。

王才的老婆正在指挥着一个人挂饭店的牌子,她仍然是不吭声的,但是她的脸上有了光彩,不像在人家屋檐底下摆大排档那样脸色灰灰的。田二伏看了看那块牌子,王才说,我自己想出来的店名,天天有,你觉得好不好?

好的,田二伏说,天天有这个名字好的。

饭店原先是王才的一个老乡开的,后来他要回去了,就来找王才了。

王才啊,什么什么什么。

老乡啊,什么什么什么。

王才啊,什么什么什么。

老乡啊,什么什么什么。

他们说了说,又说了说,就把事情谈成了。

王才的这一段故事现在田二伏还不知道,但是以后田二伏会知道的。在以后的日子里,王才会和田二伏说许多许多的话,其中也会包括他是怎么开起饭店来的,他是怎样把乡下家里的房子卖掉了才把这个饭店接下来的。

你这是背水一战了呀,后来田二伏听了王才的故事这样对他说。

我是的,王才说,我是背水一战了,我是下决心要到城里来了。

你不回去了?

不回去了,王才说,回去干什么?种几分地,有什么意思呀。

毕竟在城里还有小孩的前途呢,王才又说。

毕竟在城里可以见多识广的呀,王才又说。

毕竟在城里什么什么。

那都是以后的话题,现在我们先回到故事开始的时候,故事开始的时候,王才要开饭店了,他就要物色人员了,王才这么一想,立刻就想到了田二伏,那个人好的,王才说,那个人好的。

王才其实也不知道田二伏叫什么名字,他也不知道田二伏是哪里来的,在哪里做事,他根本是无法去找田二伏的,而其他的人,比如他的老婆,连他的心思都是不知道的,虽然王才说,那个人好的,那个人好的,但是他的老婆只是朝他看看,她哪里知道他说的那个人是哪个人呢。

巧得来,王才说,真是巧,说曹操,曹操就到,说到你,你就自己走来了。

你们说到我了吗?田二伏说,其实也不是我自己走来的,是你们家小孩把我带来的。

他晓得个屁呀,王才说。

你肯定告诉他的吧,田二伏说,要不然他怎么会。

我告诉他他也不懂的,王才说,斗鸡眼。

他们笑了笑,王才又说,不管怎么来的啦,反正你是来了。

我就想到了你,王才又说,你弄菜有一套的,你还能说出油的温度呢。

我想到你是有道理的,王才又说,我不是随随便便就想到谁的。

但是田二伏觉得王才这么重视他,他有点着急了,我不行的,他说,我不行的,我是纸上谈兵。

那个小孩在边上笑,王才又刮了他一下,你笑个屁。

他叫什么名字?田二伏问。

我是心想事成呀,王才没有回答田二伏,只顾着自己说,我想到找你,你就来了。

我真的不会烧菜,田二伏说,这个不可以滥竽充数的,马上就要暴露出来的。

一个精瘦的人围着围裙出来了,他手里拿着勺子,一开口,就露出一排黑黄的牙,老板,都弄好了。

王才向田二伏说,喏,这是我请的厨师,你做他的下手。

精瘦的人扫了田二伏一眼,他的目光有点傲慢,好像在说,就你,也配做我的下手?

一直到这时候王才才"呀"了一声,啊呀,他说,我还不知道你叫什么名字呢。

哼哼,那个厨师鼻子喷出一点声音来。

我叫田二伏,田二伏说,就是大伏二伏的二伏。

咦咦,王才笑起来,这也叫名字。

我哥哥生下来的时候是大伏天,就叫大伏了,田二伏说。

那你生下来是二伏天啊?

不是的。

嘻嘻嘻。

事情经过就是这样,田二伏几乎连想也没有想,就在王才的饭店里干上了。现在他们都知道他叫田二伏,以后不久田二伏也会知道瘦厨师叫方师傅,王才的小孩叫树桩,王才的老婆叫妮毛。

后来又来了两个做杂活的,洗洗碗扫扫地之类,都是女的,一个结过婚了,叫银仙,一个没有结过婚,叫陆妹。

第 6 章

　　店里的事情是有分工的,田二伏做方师傅的下手。也就是说,方师傅烧菜的时候田二伏要守在一边,方师傅烧好一个菜,就由田二伏端出来送到顾客的桌子上,并且要报出菜名。田二伏穿着白色的围裙,头上戴着白色的帽子,有时候他不习惯,常常把帽子忘了,但是检查卫生的人随时都可能来,要是不戴帽子,就要罚款。为了不被罚款,王才每天都要检查他们的帽子和其他一些卫生方面的东西。

　　嘻嘻,那个小孩看着田二伏笑。

　　是不是我帽子戴歪了?

　　嘻嘻。

　　是不是我戴帽子很滑稽?

　　嘻嘻。

　　后来田二伏也笑笑,对小孩说,你笑的时候很难看哎,他也做了一个斗鸡眼的样子,一下做过了头,觉得眼睛酸酸的,一根筋一直酸到脑子里。

　　里边方师傅叫田二伏了,田二伏哎,起菜了。

田二伏跑进去，一个菜已经炒好，该田二伏端出去给客人吃，这是一个咸菜炒肉丝，田二伏端出来的时候，向客人报了菜名，客人其实并没有怎么在意。到王才这个饭店来吃饭的人，不会是很讲究的人，一般外地的人比较多。在这里做工的，有什么好事喜事就不吃盒饭，搞一顿好的庆贺一番；或者是偶尔经过这里，正好是吃饭时间了，看到有饭店，也无所谓大小，无所谓装修简陋还是豪华，就随便地跨进来了；也有附近的居民，家里来客人，就请到这里来吃一吃，或者炒几个菜端回去。

老板，吃饭。

请，请，王才说。

有什么吃的？

别看我地方小，王才说，您想吃什么有什么的。

喔哟哟，老板口气蛮大的啊。

王才就笑了，他对着厨房喊一声，方师傅啊！方师傅在里边答应一声，哎！感觉上是王才在叫方师傅出来，感觉上好像方师傅也是要出来的，但其实不是，他们只是这样互相地叫应一声，就知道要弄菜了，然后田二伏就把方师傅炒好的菜送出来。

番茄炒蛋。

咸菜肉丝。

嘿嘿，客人笑了笑，他们就吃了，他们一般吃得比较粗，也比较马虎，不像本地的城里人那样细腻精致，他们至多能吃出个咸甜苦辣也就了不得了，所以他们更不会对菜名有什么想法，但田二伏是有想法的，他总是对菜名不满意，因为菜是他端送的，菜名是他报的，有时候他甚至觉得菜名比方师傅的功夫还重要呢，报出一个好的菜名，人家会对菜有更多兴趣甚至胃口大开的。

王老板,田二伏说,菜名应该改一改的。

什么？王才没有听懂。

就是菜的名字呀,比如咸菜肉丝,比如开洋冬瓜,不好听。

噢,这个菜名呀,不好听？王才看了看田二伏,那么什么好听呢？咸菜肉丝不好听,就叫肉丝咸菜好了,开洋冬瓜不好听,就叫冬瓜开洋,倒过来说,是不是好听一点呢？

那没有用的,田二伏说,换汤不换药。

那怎么好听呢？王才说,菜名嘛,不就这样了,还有什么讲究的？

有讲究的,田二伏说,怎么没有讲究？讲究大呢。

再讲究也不能把冬瓜叫作西瓜北瓜的。

但是可以叫作白玉的,比如有一个菜,把冬瓜挖空了放进火腿冬菇,叫什么呢,就叫白玉藏珍。

嘻嘻嘻,王才咧嘴笑了笑,白玉啊,还黄金钻石呢。

当然是有的,有黄金糕啊。钻石嘛,也可以想出菜名来的。生活热线节目专门有一个栏目是介绍烹饪的,里边还有一个更小的子栏目,专门讲菜的名字。在田二伏的笔记本上,是记着许多菜名的。

肝胆相照,是蛋黄和猪肝拼成的冷盘。

金碧辉煌,是油煎鳕鱼。

霸王别姬,是甲鱼炖鸡。

白玉满堂,是玉米百合。

翠衣匿凤,是西瓜蒸鸡。

比如喏,田二伏说,一半是白米粉,另一半白米粉着成绿色,可以拼成一个图形,就是太极图。

开什么玩笑噢,王才说。

不开玩笑的,田二伏觉得王才是朽木不可雕了,他又讲了几个形象化的菜名。

比如煎臭豆腐,可以叫炸金砖。

比如要来一个荷塘小景,怎么弄呢,把豆腐、肉末、虾仁、干贝调成糊状放进小碗,上面布上青豆,蒸出来,就是一个莲蓬的样子了,所以可以叫荷塘小景。

噢噢,我知道了,王才现在有些明白过来,他明白过来以后,就突发奇想起来,把小孩叫过来,你过来,你过来。

小孩就过来了,他笑眯眯地看着田二伏,两个黑眼珠斗在一起。

王才说,喏,这样也可以做一个菜的,拿皮蛋放在中间,拿咸鸭蛋的蛋白放在旁边,这么围起来。

叫什么呢,田二伏觉得王才蛮有想象力的。

叫斗鸡眼。

嘻嘻嘻。

嘿嘿嘿。

哈哈哈。

连王才的老婆都笑了,她平时总是沉着脸的,也不大说话,更难得一笑,所以笑起来就特别的灿烂,脸上像一朵菊花,陆妹和银仙笑得更厉害,她们一会儿弯下腰,一会儿又直起来,一会儿跺脚,一会儿又拍手。

小孩一直斗着眼睛看看你看看他,最后他仍然是要看田二伏的,他倚在田二伏身边,一个客人看了看,是你的孩子吗?他问。

田二伏指指王才,他的。

看起来倒是像你的呀,他们说。

小孩又想往田二伏的身上爬,但是田二伏站着,他爬不上来,爬了几次,只好放弃了。

比如喏,就是简简单单炒一个菠菜,也有好听的名字呢,叫红嘴绿鹦哥,田二伏的思路仍然在菜名上,你们听听,多么富有诗意啊。

到底是中学生,王才说,说出话来也是酸屁屁的,绿鹦哥啊,听起来肉麻得来。

还有喏。

这时候陆妹就叫起来,田二伏哎,帮我搬这个。

她是负责洗碗的,有的时候客人多了,碗要用筐来装的,筐装了碗,就特别的重,这时候陆妹就要叫了,田二伏哎。

田二伏去帮她搬,别人看着他的背影都要笑的,陆妹是喜欢田二伏了,这个谁都看得出来,因为陆妹总是要支田二伏帮她做事情。

陆妹的样子,王才的老婆是最不爱看的,但是因为她平时不大说话,别人也不大知道她心里想的是什么,她在不喜欢陆妹样子的时候,就翻一个白眼,不过一般别人也不会在意,她并没有翻给别人看,她等于就是自己翻给自己看的,但是如果不是在镜子面前,自己是看不见自己的眼神的,所以王才的老婆心里不喜欢陆妹,不要说别人不太明白,就连陆妹自己,也是不知道的,她还常常地去讨好她。老板娘啊,陆妹说,我帮你切菜吧。

不要。

我帮你排排齐好了。

不要。

王才老婆是有刀功的,她的刀功很细致,又快,别人在边上看,都会看得眼花缭乱的,甚至会看得心跳起来,怕她切到自己的手上,其实是不会的。她的刀是长眼睛的,只会切菜不会切手,陆妹看过两次,看得眼红了,我要是也能切得这样,我能长工资的,她想。

但是王才的老婆不要她帮忙,王才说,你让她也试试好了。

不要。

咦,她要是长功夫了,以后也好替替你。

不要。

你也好歇歇的。

不要。

这样陆妹就没有办法了,她只好放弃了学刀功的想法,我还是洗碗吧,她想,洗碗也挺好的。

陆妹觉得还是洗碗好,因为如果洗碗,她就能常常支使田二伏帮她做这做那的,她知道大家在看着田二伏笑,她要的就是这样的笑,她还嫌大家笑得不太明白呢,她指望着大家把事情戳穿。

陆妹的指望是很容易实现的,因为他们平时也没有更多的话题可以一说再说,所以说着说着就会说到陆妹和田二伏身上去的,甚至晚上王才躺在床上也会和老婆说说。

我看蛮般配的,王才说。

他老婆总是不说话,虽然这样,但她的气息王才是能够感觉出来的,你觉得不配吗?王才问。

老婆翻了一个身,就背对着他了。王才去扳她,也扳不过来,王才只好放弃想法了,真不合算,他说,说了说陆妹,连累到我自己了。

在陆妹和银仙那儿,她们也在说话,银仙说,田二伏蛮高大的啊。

死样子,陆妹说。

倒是田二伏自己这里是不大有这种谈话的,因为方师傅不提这个话题,田二伏也不至于自己去挑起来谈。就算方师傅有时候提,田二伏也没有谈兴,这是田二伏的秘密,不能告诉别人的。一般情况下,方师傅总是倒头就睡,田二伏听广播,记一些笔记,这时候小孩总是在他这里,他坐在田二伏的腿上,不吭声,也听广播,并且看着田二伏做笔记。他才五岁,还不认得字,但是他也会把田二伏的笔记本拿出来看看,有时候是倒过来看的,田二伏就嘲笑他,你不认得字就不要看了,小孩就笑了。田二伏说,走吧走吧,时间不早了,你爸你妈都睡了。

但是小孩不走。

咦,田二伏说,你这个小孩,怎么不要爸爸妈妈的。

小孩后来就睡在田二伏这里了,他挤在田二伏脚边,睡着以后还打呼噜呢。后来田二伏说他,你这么小个人,怎么会打呼噜的?

王才说,他不打呼噜的,他是小孩呀。

打的。

方师傅也证明小孩是打呼噜的,他说,我起先以为是田二伏,后来听听又不大像,我特意爬起来听的,才知道是他。

王才说,奇怪的,他跟我们睡的时候,怎么不打呼噜呢?

田二伏哎,陆妹又叫他了。

上午一般大家都不太忙的,陆妹叫田二伏做什么,可能就是她自己的什么事了,田二伏帮她做了做,他就要出去的。

我去买电池。

咦,你昨天刚刚买过电池嘛,他们说。

可是已经不行了,嘶啦嘶啦的。

哎呀呀,现在的东西,他们说,都是这样子的。

其实田二伏是找个借口而已,他是要出来走走,到小卖店去的路上,要经过一个美容美发店的,这个地方,就是田二伏心底的秘密。

田二伏去买电池的时候,有一个年轻的女孩子站在美容美发店门口很热情地跟他打招呼,大哥哎,她说。

她是北方人哎,田二伏想。

大哥哎,她又叫了,进来洗头呀。

我不的,田二伏说。

捏捏肩胛。

我不的。

五块钱呀。

我不的。

三块吧,她伸出三个手指,三块呀。

三块,田二伏觉得很不过意,三块怎么能?

反正闲也是闲着,她说。

但是你出力气的呀,田二伏说。

力气又不要钱买,也不算成本的。

田二伏就进去了,她们就帮他洗头、按摩,但是做活的是另一个女孩子,不是在门口叫他的那个,在门口叫他的那个,把他带进来以后,自己又出去了,仍然站在门口,她看见人就会说,大哥哎,洗头吧。

但是后来一直没有人进来,所以店里只有田二伏一个人,给他洗头的女孩子看起来很瘦,但是手劲却很大,她把田二伏捏痛了,田二伏叫了起来。

哎哟哇。

你这个人,不吃痛的,她说。

你轻一点,田二伏说。

好的,她说,其实她并没有减轻,她下手就这么重,要她轻也轻不起来的,所以她仍然捏得田二伏生疼,只是田二伏不好意思再叫了。再忍耐一会儿,他就不再感觉痛了,反而觉得舒服,甚至后来还希望她的手再重一点呢。

这样他们就认识了,但是也不能算很认识,只是田二伏可以从镜子里看见她的脸,她长得很漂亮,是那种清清爽爽不拖泥带水的美。田二伏一看见她,就会拿她和其他的人比一比,比如马小翠,比如王小香,又比如陆妹,一比之后,田二伏就忍不住更加的要去看她。田二伏看她,她也不是不知道,但是她装作不知道,她只是做自己的工作。

后来沙发上有一个躺着的人醒过来了,有些蒙蒙眬眬,他问道,田七啊,几点了?

九点。

他翻了个身,放舒服姿势,又去睡了。

你姓田?田二伏说,我也姓田。

我不姓田,田七说。

那,那,那个人怎么叫你田七呢?

叫田七又不一定姓田的。

噢,对的对的,田二伏说,可能是张田七李田七王田七……

田七的手在他的头上按来按去,她不是很想说话的那种人,所以只要田二伏不说，她一般也不主动说话，田二伏也不是一个话特别多的人，但是现在他从镜子里看着她，就想和她说话。

田七小姐是哪里人啊？

你问这个做什么？田七说。

没什么，瞎问问的，田二伏说。

瞎问问有什么问头？

田二伏笑了笑，他说，你肯定以为我是坏人吧。

我没有以为。

你以为我想骗你什么吧？

你骗我什么？

你可能碰到过不好的人吧？田二伏说，其实我不是的，其实我就是你的邻居呀，我就在那边的一个小饭店。

噢。

是天天有饭店。

噢。

我是做厨师助手的。

噢。

本来我也可以做厨师的，老板是要叫我做厨师的，是我自己不肯。

噢。

我对菜是有些研究的，不过实际能力差一点，所以我说我还是不做厨师吧，我们老板说，那你就做厨师的助手，但是你要经常指点厨师，厨师虽然操作起来还可以，但是他理论水平不够的。

噢。

门口的那个人喊进来了，田七啊，来客人了。

咦,田二伏说,怎么都是你做的呢。

无所谓的,田七说,忙的时候大家都要做的,闲的时候,谁做都一样的。

田二伏的椅子就让给那个新进来的人了,田二伏站在一边,等候田七发话,田七说,你要不要吹风?要吹风,我叫师傅起来。

师傅就是睡在沙发上的那个人,田二伏本来是不要吹风的,但是他想再在这里多待一会儿,反正现在回去,店里还没有开始忙呢,所以他就点了点头。

要的。

田七向他的头看了看,好像笑了一下,又好像没有笑。

我的头发,乱糟糟的。

连吹风要十五块的,田七说。

十五块就十五块好了,田二伏说,大的店里要几十块呢。

那个躺着的师傅起来了,他叫田二伏坐到另一把椅子上,把田二伏的头发抓着看了看,什么人帮你剪的?他说,剪得个什么样子。

嘿嘿,田二伏有些不好意思。

师傅就给他吹风了,三下两下,风吹好了,又喷了定型水,额前的头发竖起来一撮,从镜子里看上去,显得十分精神,师傅拍拍他的肩,好了。

咦,田二伏说,这么快。

小意思,师傅说着,又坐到沙发上去了,又斜下去要睡觉了。

田二伏往回走,一路上他一直觉得有点不好意思,头发弄得这么好,是不是太神气了,他怕人家会盯着自己看,但是他注意了一下,还好,路上的人只顾走自己的路,并没有很在意他,有的人明明已经看到了他的头发,但是眼神并没有停留,就滑过去了,一直到他走进饭店,先是陆妹叫了起来。

哎呀呀。

别人没有在意什么,听到陆妹的叫,才回头来看,一看,大家都有些发愣,好像不认得他了,过了片刻,才有了声音。

啊哈哈。

咦嘻嘻。

什么样子噢。

一个大冲头。

一个洋葱头。

大家的看法,使得田二伏有点慌了,他现在甚至不知道自己到底是个什么样子了。照照镜子,你自己看看,陆妹说。

田二伏在镜子面前吓了一大跳,这里的镜子和理发店里的镜子怎么照出来是不一样的,田二伏只是匆匆看了一眼,就恨不得赶紧躲起来,他的脸涨得通红,因为脸红,他的头发看起来就冲得更厉害。

咦,咦咦,田二伏想。

怎么想得到的,王才说,去吹什么风啊。

肯定是那里的小姐花的,陆妹说,三花两花,叫他做什么都肯的。

做什么都肯的吗,王才有点坏笑地说。

没有的,田二伏说,没有什么的。

哼哼,陆妹说。

本来是一个比较无聊的上午,他们正没有什么事情可说,现在有了田二伏的这个头,把他们的兴致给吊了起来,他们对田二伏的头看来看去,笑来笑去,后来因为时间到了,要做事情了,才暂时告一段落。

这是田二伏头一次遭遇田七,第二次田二伏到菜场去买菜,看见了田七,那时候田七正和别人在吵架,那是两个男人,他们很凶的样子,围着田七,还有一些人在看热闹,他们指指点点,议论着,田二伏去和田七打招呼。

嗨,田七,他说。

田七看了看他,没有理睬,她好像根本就不认得他。

我是上次到你店里去的那个人呀,田二伏说,你帮我洗头按摩的。

哈哈,别人笑起来。

田七仍然没有和他说话,也不说是想起来还是仍然没有想起来,那两个盯住田七吵架的人也对田二伏很不耐烦,你也不看看这是在做什么,他们说,你走开点。

咦,田二伏说,为什么要我走开点,我又没有碍你们的事。

他们都不理他了,回头继续吵他们的架,你敢耍我们大哥,他们对田七说,你胆子不小啊。

耍他又怎么样,田七说。看样子她根本不怕他们。

你又不是不知道我大哥的脾气,他们说,你耍了他,你有好果子吃啊?

我等着呢,田七说。

走,跟我们走,他们说,到大哥那里说明白。

我没有空,田七说。

没有空也要去的,他们说着就有点动手动脚了,他们要去拉扯田七。田七并不急,她是不动声色的,但是站在一边的田二伏急了,他上前说,你们不许动手动脚。

咦,他们说,你是谁?

我,田二伏说,我是她的朋友。

朋友,他们不解地看了看田二伏,其中的一个回头对田七说,你要我们大哥,就是为这小子吗?

你放屁,田七说。

他们中的另一个又看了看田二伏,不是他,他说,上次我们跟踪的不是他。

那你又换人了,他们同时对着田七说。你放屁,田七说。

你是万人坑呀,他们说。

啊哈哈。

噢呵呵。

围观的人大笑起来了,田二伏很恼火,他竖到那两个人面前,你们嘴巴放干净点。

咦,他们说,想管闲事啊?

我的事不要你管,田七也说。

我看见了我就要管的,田二伏说。

咦咦,他们说,打架啊?

打又怎么样?田二伏说,我不许你们欺负女孩子的。

眼看着他们就要打起来了,这时候有人过来了,干什么干什么?

那两个人一看到来的人,更是精神抖擞了,大哥,大哥,他们说,这小子讨打。

他们的大哥看了看田二伏,又看了看田七,对他们说,你们搞什么搞,不是她。

咦,咦咦,他们觉得不可思议,不是她?

你们长不长眼睛,我女朋友是这样子的吗?大哥说,白喂你们饭了。

咦咦,他们盯着田七看了又看,不过是长得像的,是不是,大哥?

像个屁,大哥说,一点也不像。

嘻嘻嘻,田七笑起来。

你笑什么?他们说,既然不是你,你干什么要瞎承认?

我什么时候承认过?田七说,我好好地在走路,是你们硬要挡住我不让我走的。

不是你就不是你,跟我们搞什么,他们说。

是你们跟我搞,我又不认得你们,田七说。

你不认得我们,为什么不说出来?害我们白忙半天。他们心里有点乌拉不出了。

我说出来你们相信吗?田七说。

在田二伏参与这件事情的时候,有一个人经过这里,他是认得田二伏的,他看见田二伏要和别人打架了,就走开了,他经过王才那里的时候,对王才说,王老板,你那个帮工跟人家打起来了。

怎么会呢,王才说,田二伏不喜欢打架的,他又不惹事的。

好像是为了一个女的,那个人说,好像是理发店里的一个女的。

谁?

谁我不知道的,我又不去洗头按摩的,那个人说了说就走了。

后来田二伏回来了,王才问他,田二伏啊,你是不是喜欢上那里的谁了呀?

哪里的？

美容美发那里的，王才说，是谁呢？

没有的。

我都知道，哼，陆妹说，你不要以为我不知道，哼。

什么呀。

叫林彩凤。

不对的，不叫林彩凤。

是姓周的，是有点胖的那个。

不是的，不是她，田二伏说，一点也不胖的。

田二伏这样说了，反而大家都确定他是真的了，虽然他们不一定知道是谁，但是可以确定田二伏是了。王才有些不放心，就说，那种地方，不大好的，田二伏你又没有多少钱，少去啊，去也不能做什么事情的。

人家就是洗洗头，田二伏说，又不做什么事情的。

人家做那种事情，会做给你看啊，王才说。

田二伏没有再说什么，但是他想，别人怎么样我不知道的，但是我知道田七不是那样的。

第 7 章

　　田二伏后来又去洗头了，他去的时候，田七手里有别的活，另一个顾客的头还没有洗完呢，所以另外有空闲着的小姐肯定提出来我帮你洗吧，但是田二伏是不愿意的，田二伏说，我不急的，我等一等好了，那些人就笑了，她们说，田七啊，你很专一的啊。

　　田二伏心里是希望田七快一点完成那个手头的任务就来帮他洗头的，可是田七并不着急，她一点也不会马虎的，仍然和平时一样，慢慢地很认真很细心地样子。田二伏等了等，后来反倒感动了，他想，这样的人好的，不会因为来了熟人就影响对别人的服务。所有商店都说自己是老少无欺，其实有好多店是做不到的，也许他们店里是想做的，但是因为职工素质不高，就做不到了。但是在田七这里，倒是真正做到了的。田二伏这么想着，心里就甜蜜蜜的，好像田七是他的什么人似的，她好了，田二伏也会跟着高兴的。

　　田二伏就坐在沙发上，从镜子里看着田七，镜子里的田七，看起来嘴稍稍有一点歪，因为嘴有点歪，整个脸也有点歪了，但是这种歪，倒又是一种风采，看上去很自然，偶尔有一丝笑意，就更显得有魅力，只是田七的笑意总是比较少。

田七也知道田二伏在看她,但是她不在意,她是当作不知道,她不去看田二伏,好像他根本不存在。田二伏并不失望,他知道田七是认真工作的,他觉得这样反而好,如果他来了,影响她的工作,他是会过意不去的。

他是哪里的呢?店里有一个新来的小姐,她不认得田二伏,就问她们。

他是王才那里的伙计,另一个人说。

才不是伙计呢,另一个说,才不是伙计呢,王才看重他的。

王才喜欢他的。

王才老婆还要更喜欢呢。

嘻嘻嘻。

嘿嘿嘿。

有没有认你做干儿子啊?

她们开田二伏的玩笑,他有点不好意思,没有的,没有的,他说。

认不认也无所谓的,你等于是他的干儿子呢。

不是的。

嘻嘻嘻。

嘿嘿嘿。

你们店里也有个女的。

是银仙。

小的那一个。

噢,是陆妹。

那个人跑到我们店里来过。

咦,她又不要洗头的,田二伏说,她总是自己洗的。陆妹说洗发店的小姐手不干净,手指甲里有毒的,田二伏是不相信的,他看她们的手都是白白的,常常浸在肥皂里,怎么会不干净,怎么会有毒呢?

她过来就瞪着田七看看,也不说话。

后来呢。

后来就走了。

咦咦。

嘻嘻嘻,她们又笑了。

现在田七做完了那一个头,就轮到田二伏了。田二伏坐到椅子上,田七的手往他的头上一按,田二伏心里就软软的。

田七的手仍然是有力道的,但是田二伏已经适应了她的力道,田七还是不大愿意说话,田二伏就找出话来和她说。田二伏说,嘿嘿,田七你不大说话的啊。

田七不说话。

田二伏又说,我知道的,你是属于那种人,他说,那种有点冷的,冷冰冰的。

冷美人啊,她们笑话说。

田七终于微微笑了一下,嘴有点歪,脸也有点歪。

是的,就是这样的,田二伏不大好意思说出美人两个字,由她们说出来,他很开心,是正中下怀的。

田二伏来的时候,她们就这么和田二伏说说笑笑。后来有一次就说到租房子的事情了,她们说田七想租房子,田先生哎,你帮帮田七吧,她们说。

她们叫田二伏田先生,田二伏是很开心的,还从来没有人称呼过他先生呢。在他的印象中,被称作先生的人,都是西装革履那种样子的,或者是戴着眼镜文质彬彬的。像他自己这样的,虽然在农村里也算个知识分子了，但是到了城里，是算不上什么的。城里人的眼睛是很凶的，不管他是不是开口说话，不管他穿着什么样的衣服，他们一眼就能看出来他是外来打工的。他们不会称他先生的，他们只会叫他民工，或者外地人。再不好听一点，就是乡下赤佬。

田二伏一直是想帮田七做点什么的，自从认识了田七，他总觉得应该照顾照顾田七。这种想法也不知从何而来，因何而生。田二伏也没有细细地去品味过自己的想法，也没有认真地分析过自己的想法，他只是有这种欲望而已。他总是想做点什么，现在机会来了，田二伏就决定替田七去试试看。

田二伏先回去翻自己的笔记本，他听广播记录下来的东西记了满满几本子，好在他早有分类，所以寻找起来也不太麻烦，他一翻就能翻到关于房屋中介的内容。

但是田二伏只是翻了翻，就觉得有点手足无措了，房屋中介的东西太多太多，多得叫人有点摸不着头脑。

  世纪租房
  新新中介
  阳光房产
  理想家园
  工薪家族
  房屋代理

等等。

他们的广告语也是令人头晕目眩的：

上班族的知音

工薪阶层的密友

外来者的桥梁

单身贵族的天堂

等等。

还有写得像诗一样的句子,歌颂房子的,田二伏也记下来了一些,比如:

春天的风和谐美丽

一个充满美学的意境

等等。

接着田二伏又看到下面的这些具体内容:

出租:

玉光新村　3F,52平方米,二室一厅,每月600元,全地砖,家具,淋浴,空调,彩电,洗衣机,电话,管道煤气。

梅桥巷　平房,30平方米,一房一厨,每月250元,水电全。

等等。

田二伏这么看了看,心里很感慨,城里的生活真是方便,世界上好像有许多东西都是天生替他们准备好的,都是现成的,不用费什么力气,只要打一个电话,就能解决问题了。

但是田二伏并没有按照广告上的电话去打,因为满眼的广告用语和电话号码,把他的头也搞晕了,他犹豫了半天也不知道该给哪家公司打电话询问,而且他又怕打电话的事情不太可靠,最后就决定自己去跑一趟。

田二伏直接去找中介公司,他推门的时候,就有一个戴眼镜的文绉绉的小伙子热情地迎了出来。

来啦。

好像是事先约定好的,也好像他跟田二伏早就认得,而且很熟悉。

来啦。

田二伏也不得不跟他熟悉起来,田二伏想,城里人都有点自来熟的,要是在乡下,乡下人会盯住一个陌生人瞪他老半天呢。

是外地来的吧?是要租房子住吧?不要太大是吧?不要太贵是吧?小伙子笑眯眯地说,我是小刘。

咦咦,田二伏想,他们的工作真是做得很熟很熟了,顾客还没有开口,他们就知道你是谁,也知道你要干什么。

要哪个地段呢?

要多少平方呢?

小刘翻一翻他的记录簿,这里,这里,他说,就在这里,我们的房源很充足噢,什么样的条件都能满足你的。

田二伏和小刘是一手交钱一手交地址的,他交了定金和中介费,小刘就交给他地址,田二伏根据小刘交给他的地址,兴致勃勃地去找了那一间房子,房子里还有人住着,主人看见田二伏来了,就知道是来看房子的。

还有人住在里边呀,田二伏原来以为是个空房子,现在看到有人，觉得有点奇怪，他不太清楚租房这行业的一些规矩。

谈妥了就可以搬的，那个人说，本来早就要搬的，一直没有谈妥嘛。

看看，我是来看看的，田二伏说，你房子是旧的。

当然是旧的，四百块你想租新房子是没有的，他说。

什么四百块钱？田二伏说，他们谈好是月租两百块。

你开什么玩笑。

谁开玩笑呢，田二伏想，明明是你们在开玩笑，两百和四百，整整差一半的价钱呢。

两百是不可能的，房东说，他就要关门了。

咦咦。

田二伏又回到中介公司，啊啊，小刘说，没事的，这样的事情常常有的，他原先答应两百的，后来又反悔了，这种事情是正常的，我另外再介绍给你。

田二伏来到第二户人家，他敲了半天的门，有一个老太太来开门了，她只开了一条门缝，从门缝里警惕地瞪着田二伏。

你想干什么？

我来看房子。

看什么房子？老太太说。

田二伏想探探头看看清楚，老太太伸出手来推了他一下，你走远点，外地人，你想进来抢劫啊。

咦咦，你怎么这样呢，你要出租房子，我要租你的房子，你总要让我看一看房子呀，田二伏说。

谁要出租房子？

咦咦。

我还没有死呢,老太太说,等我死了再来吧。

她把门关上了。

小刘听田二伏这么说了,又笑了笑,正常的正常的,他说,是她的儿子来登记的,她可能确实不知道,也可能她不愿意出租,你不用着急的,我这里房源多的是,我一开始就告诉你的,什么样的条件我都能满足你的。

这样田二伏又跑了两家,一家说,咦,我们还没有想好呢,到底是不是出租,全家的意见还没有统一呢,你倒已经来了。

另一家让田二伏打呼机,田二伏在小巷的公用电话那里打了传呼,吩咐电话管理员,有电话来叫他,但是他前前后后打了十几次传呼,也没有等到回电,反倒弄得他上班也不定心,老是要朝电话那边看,王才说,田二伏你干什么呢?

田二伏去向小刘讨回定金和中介费,因为他们的墙上和广告上都写着,中介不成,分文不取。田二伏说,你这是中介不成呀。

但是小刘不承认这是中介不成,他说,你怎么知道不成呢,你怎么证明不成呢,你跑了几处不成,不能说明我们中介不成,因为我们可以继续给你介绍,你还可以继续跑呀。

田二伏说,我要上班的,我没有时间。

没有时间那就是你自己的事情了,小刘说,你如果不肯跑了,这是你自己放弃租房的,不是我们中介不成,所以收的钱是不好退的。

怎么能这样的呢,田二伏想,怎么能这样的呢,这好像是骗子,但又不像是骗子。如果是骗子的话,他倒是可以告他们的,但是他们又不是那种骗子。说他们不是骗子,他们明明是骗了他的钱去,这事情总有点不对头。田二伏因为常常听广播,算是对各种知识了解得多了,他甚至以为自己可以算一本百科全书了,要查什么东西翻开来就有的,但是他现在却有点茫然了,他的这个百科全书里翻不到这样的内容。田二伏弄不懂像这样的事情该谁去管一管,于是他想起了广播里经常听到的两个字:无序。又想起另外两个字:混乱。

因为这个无序和这个混乱,弄得讲不清道理了,本来田二伏是最不怕讲道理的,在家乡的时候,村上的人碰到什么纠纷麻烦,有时候也来找田二伏问问,因为他们知道田二伏肚里有一本清清爽爽的账的。现在田二伏心里乱乱的,他走在老街上,街上是穿来穿去的人影,街旁是花花绿绿的店家,田二伏回想当初在乡下有条有理地替别人分析矛盾的事情,竟觉得很遥远很遥远了,恍若隔世似的。

在乡下的时候,村上的人有时候上街碰到吃亏的事情了,回来就会说,乡下人老实,弄不过城里人的。从前田二伏总是不肯相信这样的说法,但是现在他有点相信了。只不过田二伏觉得那个小刘好像也是外地人,不是本地人,他虽然讲的是普通话,但是没有本地人说普通话的那种浓浓的口音。

田二伏再到田七那里去的时候,觉得有点不好意思,他走在路上一直在想,她们要是问起来,该怎么回答呢?

但是她们都没有提这事情,田七自己也没有说起,好像根本就没有这件事情似的,她们仍然和田二伏开玩笑,倒是田二伏心里不踏实了,后来就说出来了。

什么?

租房子呀,田二伏说,你不是说你要租房子吗了?

田七皱了皱眉,我要租房子?我什么时候要租房子了?

咦,田二伏说,上次我来洗头的时候,你们说起的,我说我帮你去办,你也没有说不要,后来我就去了。

后来呢?

后来也没有租到,田二伏说,不过我还可以再去的,我已经积累了经验,下次再去,不会上当了。

田七说,我没有说。

咦咦。

她们就咯咯咯地笑起来,可能她们就是瞎说说的。我们的话,她们对田二伏说,我们说的话,你听听就罢了,不可以当真的啊。她们看田二伏一时有点愣了,她们说,你不会是生气了吧?这样一问,田二伏反倒笑了起来。他是不会生气的,能够为田七做点事情,就算是白做的,他心里也是点温暖的,是不会有怨言的。

不过后来事情还是有点曲折。那天田二伏洗了头走出来,他走在街上,田七就从后面追上来了。她并没有喊田二伏停下,田二伏其实也不知道后面有人在追他,但是他似乎有一点异样的感觉,他就回头看了看,结果一眼看到了田七。

咦咦,田二伏有点喜出望外,你?

田七因为奔跑了,稍微有点喘气,她说,其实,其实我是要租房子的。

咦咦,田二伏说,好的呀。

麻烦你,田七手里抓着一个小包,她拉开拉链,对田二伏说,我放一点钱在你身上,租房子要交定金和中介费的。

田二伏正要说话,眼前就看到一个人影忽闪了一下,有人冲向他们,伸手抢了田七的钱包,撒腿就跑。

哎呀呀,田七叫起来。

田二伏眼前一花,听到田七叫喊,赶紧去追,他一边追一边喊,抢钱包啦,抢钱包啦。

路上的人都看着他们,一个逃跑一个追赶,还有一个田七,既不追赶也不再叫喊,呆呆地站在那里,脸上是很奇怪的表情。

田二伏脚底生风,几步就追上了那个人,他一扑,就把那个人扑住了。那个人瘦瘦小小的,脸色蜡黄,看到田二伏扑过来,赶紧把钱包交到田二伏手里,还给你。

田七也已经赶过来了,田二伏把钱包交给她,你看看,少了没有。

田七并没有看,脸上却仍然是奇奇怪怪的样子。田二伏扭着那个人,走呀,走呀,他说,到派出所去。

那个人苦兮兮地说,哎呀,放了我吧。

不能放的。

钱包已经还你了。

那也不能放的。

围观的人也在议论纷纷了。

不能放的,放了他还会去偷去抢。

这种人害人的,要抓起来。

大白天抢钱,这样混乱,社会上还得了呀。

一部分群众是群情激愤地要抓他的,但是也有人心肠软一点,他们的想法不一样。

算了算了,人家也已经还了。

看上去也怪可怜的。

脸色难看得很,是不是饿了几天了。

看起来有病的样子啊。

这过程中田二伏一直紧紧揪住小偷,突然小偷开口说话了,他说,田七啊田七,你就眼看着我被抓起来啊?

田七的脸有点发白。

田二伏看了看田七,你认得他呀?他问。

是老乡,田七说。

老乡啊,大家说,老乡还抢老乡,不像样子。

从前都说,老乡见老乡,两眼泪汪汪,你这个老乡。

田二伏有点不知怎么办了,他看着田七,你说,田七你说怎么办?

让他走吧,田七说,让他走吧。

田二伏听田七的,手就松开了。他的手一松开,那个老乡就像蛇一样地滑溜开去,一下子蹿出去老远。但是他并没有立即逃走,他站在别人抓不到的地方,手指着这边,田七,田七,你等着,他说。

哪有这样的人。

早知道就不放他了。

大家又议论起来了。

田二伏和田七一边说着一边往回走,田二伏说,田七啊,你那个老乡是干什么的?

不知道。

他叫什么名字呢?

不知道。

田七可能是不愿意说这个老乡的事情,田二伏也就不再提了,他们走到应该分手的地方,田二伏说,田七啊,我帮你租房子啊。

不要了。

咦咦。

不要了。

田二伏想问问为什么,刚才田七追出来找他,明明是要他帮着租房子的,现在这么个事情一来,她又不要租了。

不麻烦的呀,田二伏说。

不要了。

那,田二伏心里好像有一点遗憾,那就走了。

走了。

他们就分头走了,各自往自己的店里去了。

第 8 章

方师傅人很瘦,但是食量很大,他炒菜的时候,可能经常抓一点吃吃,但是王才从来没有当场捉到过他。他们走进厨房的时候,方师傅总是在忙着,一副全神贯注的样子,就算看他的嘴,嘴也不会在蠕动,嘴上甚至也不会有油光的,看上去根本就不可能吃过盆里的菜,但是菜送出去,客人总是说,你们的菜,分量不足呀,大盆只有人家的中盆,中盆只有人家的小盆,小盆呢,简直就要没有了。王才就过去看,盆子里的菜确实是少,王才只好说,对不起,对不起,可能搞错了,换一盆,换一盆。

就端进去换,但是换了出来仍然是少的,人家意见就很大。

这样做生意怎么做得起来。

你抠也不应该抠在这种地方。

客人们纷纷说。

王才也不明白,他在分配生菜的时候,明明是给足分量的,想来想去,只剩下一种可能,就是方师傅在炒菜的时候偷吃了。

于是王才就留了一个心,看看到底是不是这样。但是他留了好几个心,也不曾看到。方师傅有一回知道王才在留心了,很生气,他说,我偷吃吗? 我要是偷吃,我不得好死。

王才就不好再说了,再说就伤和气了。他只好在配生菜的时候,再给更足的分量,好在开一个饭店,发也不是发在这上面,亏呢,也不是亏在这上面的,连人家顾客都知道这个道理的。

要等到落了市,差不多不会再有客人来了,饭店里的员工才开始吃饭。他们围在一张桌子上,方师傅是狼吞虎咽的,一般人都说,做厨师的因为平时油烟味闻也闻饱了,都吃不下饭的,但是方师傅吃得下。他是厨师,烧菜是讲究的,但是自己的吃,却是连汤泡饭加菜倒在一个大海碗里,呼噜呼噜地吃,他一边吃一边说,我是饿死鬼投胎。

王才对这个厨师呢,说不上很满意,但也没有很多的不满意,他倒是一直对田二伏寄予着希望,他叫方师傅方便的时候顺带着教教田二伏,让田二伏也学几手,方师傅就老实不客气地说,教会徒弟饿死师傅。

虽然方师傅不怎么肯教田二伏,但是田二伏自己还是能学到一点的,尤其是在每个月方师傅回家的那一两天,是王才的老婆做厨师,她的手艺虽然不如方师傅,但是她肯教田二伏,她甚至就让田二伏上灶掌勺,她在边上指点指点,这样田二伏的进步也就快了起来。

方师傅每个月是必定要回去一两天的,开始王才对这一点不满意,但是方师傅坚持,王才也没办法,就嘲笑他,说方师傅是专门赶回去跟老婆睡觉的。

方师傅也不否认,是这样的,他说,老婆一定要常常跟她睡的,你要是不跟她睡,她就要去跟别人睡。

方师傅说到这个地步了,王才也不好不让他回去,要不然万一他的老婆真的跟别人去睡了,方师傅要怪王才的,王才也不愿意承担这种责任。好在方师傅的家也不远,去一两天就回来了,他不会待很长的时间,没有超过两天的,他们又嘲笑他,说他再多住一天也吃不消了,方师傅也承认,他说,是的。

后来饭店做的时间比较长了,和周围的居民也都熟悉了,居民有时候会自己拿一点生菜来,方师傅啊,帮我们炒一炒吧。

方师傅是不大愿意的,他脸色不好看,以后他们就不来找他了。等到方师傅回家的日子里,他们就来找田二伏,田二伏啊,帮我们炒一炒吧。

好的好的,田二伏是热情的,他们看到田二伏热情的笑脸映在炒菜的火光里,就说田二伏是好人哎。

田二伏去买了一本菜谱,对照着上面的方法,去建议别人该买什么样的菜配什么东西。有一次在三月份要学雷锋,居委会和个体户协会来找他们,在三月五号这一天,要派人去做好事,至于做什么好事,可以根据自己行业的特点自己决定,但是各行各业的人是要集中在一起的,在居委会指定的街上做好事,电视台要来拍电视。王才就跟田二伏商量,田二伏说,那我就去炒菜吧。

后来他们搬了一个炉子和一些锅,到街上摆了个摊,免费替居民炒菜。在那里有人免费替人裁剪衣服,有人免费给人理发,还有修电器的等等,但是他们的生意都不如田二伏这里的好。田二伏这里排起了很长的队,大家都去买了菜请田二伏炒一炒。

那一天在田二伏的案头上,扔了好多的香烟,这是大家敬他的。田二伏把一根烟夹在耳朵上,电视台也真的来拍了电视。他们的镜头对着田二伏好一会儿,是时间最长的。他们还问了田二伏几句话。

陆妹那一天做田二伏的下手,收摊以后,她回来告诉大家,田二伏讲话的时候,蛮像个知识分子的,人家电视台的人也这么说。后来大家等看晚上的新闻,等到这个新闻出来,却没有看到田二伏,倒是有陆妹的。陆妹在切菜,因为是陆妹的背影,所以起先大家没有在意,都在找田二伏呢,忽然陆妹就喊了起来,是我是我,我在那里。

大家看见果然是陆妹。陆妹上电视了,他们说。

怎么会是背影呢,陆妹说,明明是在我面前拍的呀,怎么会拍到后面去了呢。

方师傅的事情最后是被他自己不幸而言中的,虽然方师傅每个月坚持回去,但是他的老婆最后还是跟别人去睡了。方师傅听到这个传闻以后,就说了一句,这下好了!就像平时人们看见两条船要相撞了,大家会发出惊叫,不好了不好了,等到两条船撞上了,他们就说,这下好了。方师傅就好像是一直等着这么一撞,等到真的撞上了,他的一颗悬着的心也放下来了。他说,王老板啊,我要回家了。

咦,王才想不通的,你怎么反而要回家了呢?

叶落归根,方师傅说,人总归要回家的。

咦咦,王才就更想不通了,老婆都没有了,你还回去干什么呢?

方师傅说,老婆都没有了,我还在外面干什么呢?

方师傅就这样走了,幸好田二伏差不多已经可以顶替他了,王才就升田二伏做厨师,但是田二伏自己心中慌慌的,我不行的,我不行的,他反反复复地说。

你叫我做厨师,我心里急的,你叫我做厨师,我心里急的,他又反反复复地说。

大家都笑了,田二伏就更着急了。王才说,我都不急,你急什么?你这是皇帝不急急煞太监。

田二伏仍然是疑疑惑惑的,我就这样做厨师了?他说,我也不需要去学习的?

学习什么?王才说,你想上大学啊。

比如说,到厨师培训班那样的地方去学一学,田二伏想起生活热线节目里是常常有介绍的,某某厨师培训班,某某烹饪速成班,很多的,一般是为下岗的工人开的,让他们学一点手艺,好再重新找饭碗。

喔哟哟,王才说,麻烦什么呀,我们又不是什么大饭店,马马虎虎的。再说了,你去学习了,水平真的高了,你不肯在我们小店里做了,我不是人财两空了?

我不会那样的,田二伏说,我怎么会那样呢?

在田二伏的笔记本上,记着许多厨师培训班的情况和电话号码,比如:

南天厨师培训班是这样的情况:汇集天下名菜,培养厨师精英,南天厨校以一流的设施、一流的管理、一流的教学质量饮誉省内外,欢迎先参加后报名。初级班30天,学费200元;中级班30天,学费350元;高级班30天,学费480元。联系电话:7654321。

长兴厨校有白班和夜班,常年举办一、二、三级厨师培训,红案班学费350元,包会二十桌以上宴席,传授200余种高中档菜肴;面点班学费240元,学会为止。免费升级,发全国通用证书,推荐工作,可勤工俭学,电话:5432761。

还有很多很多。

但是王才不要他去学习。王才说,你不要啰唆了,你去准备烧菜吧。

那,那不行的,田二伏想了想,说,我不能马上就上灶,我要先到菜场去的。

咦咦?

他想干什么呢?

别人是不能理解田二伏的,厨师其实用不着亲自上菜场,店里需要的菜,菜贩子会主动送上门来,他们还求之不得呢,田二伏可不能断了他们的生路呀。

我不是去买菜,田二伏说,我是去看菜。

咦咦?

田二伏也不向他们作什么解释,解释了他们也不一定听得懂,听懂了他们也不一定能够接受。看菜这样的说法,是广播节目里介绍的,是在胖大嫂谈烹饪这个节目。经常有听众打热线电话,诉说每天买菜烧菜的苦恼,这苦恼就是千篇一律,难以变化,烧来烧去总是那几样菜,家里人都吃厌了,实在是巧妇难为日常菜。后来胖大嫂就给大家出了一个主意,她说,你们可以到菜场去转,去看菜,在看菜的过程中,会突发灵感,不要事先想好去买什么菜,不要事先规定明天吃什么菜,随意地走到菜场,你不受什么拘束和约定,就会产生突发的灵感。

嘿嘿,当时田二伏在收音机旁边笑了笑,他觉得城里人真是有点那个什么,买菜还讲究什么灵感,讲究什么想象。那时候他的笑,既是羡慕的,但多少也带着一点嘲笑的,是那种不能理解的嘲笑,现在田二伏不觉得好笑了,一种尝试的欲望在他的心里油然而生,他已经体会到这个建议是有价值的,所以他决定先去看菜。

田二伏来到菜场,菜场里乱哄哄的。田二伏忽然心里一动,就想起了他当初在劳务市场的情形,想到王才的斗鸡眼儿子拉扯他的情形,不由得笑了起来。这时候有人在后面猛地拍了拍他的肩,大声地又叫又笑,啊哈哈,老乡,啊哈哈,老乡!

田二伏看到一个身材矮小的脸色黄黄的人站在他的身后,手还高高地举着,好像还没有拍够他。

田二伏觉得面熟,但一时想不起来是谁,咦,咦,他说,面熟的。

当然面熟的啦,那个人说,老乡嘛。

田二伏现在想起来了,他是田七的那个老乡,抢田七钱包的那个老乡,田二伏说,咦,咦,你是田七的老乡呀。

啊哈哈,老乡啊,你想起来了,他说。

但是我不是你的老乡呀,田二伏说。

怎么不是呢,他说,不是也等于是的呀,你想想,你和田七那么要好,真是天生的一对呢,真是郎才女貌呀。

田二伏听他这么说是很开心的,嘿嘿,嘿嘿。

你和田七不等于是一家人吗,所以我就叫你老乡了,他说,我叫得不对吗?

嘿嘿。

喂喂,老乡啊,他说,那件事情你就不要再挂在心上了啊。

哪件事情?

就是钱包的那件事情呀,过去就过去了啊。

过去就过去了,田二伏想,这说法也没有什么不对。

老乡笑眯眯地拿出烟来,要给田二伏抽,田二伏犹犹豫豫的,老乡说,哎哟哟,老乡呀,你嫌我的烟蹩脚是不是?

他这样说了,田二伏反倒不好意思了,拿了一根,老乡立即替他点上火,伺候得很周到的样子。田二伏觉得有些不过意,老乡是看得出他的心思的,老乡说,不要不好意思,我是要拍拍你的马屁的,以后还要拍得多呢,拍得多了,你就习惯了。

嘿嘿,田二伏觉得这个老乡奇奇怪怪的,他倒不知说什么好了。他朝老乡再打量一番,老乡是两手空空,身边也没有什么东西。他看不出老乡在菜场上做什么。

你做什么呢?

我等你呀。

说笑话了。

不说笑话,老乡像是认真起来了,我是在等天天有饭店的大厨师呀。

咦咦,田二伏觉得不可思议,方师傅刚刚才走,王才刚刚叫他做厨师,总共才多长的时间,这个老乡怎么已经知道了呢?他的消息这么灵通,从哪里得到的呢?田二伏想着,觉得思路有些阻塞。

老乡满脸笑意地看着他,好像在说,你连这个都想不通呀?

田二伏的思路忽然就通了一通,他想到了田七,可能是田七告诉他的。如果真是田七告诉老乡的,那说明田七一直很关心他,对他的一举一动,一点小的变化,都在关注着。想到这里,田二伏心里一暖,嘿嘿,他说。

老乡是把握了田二伏的思路的,他知道他已经联想到田七了,所以他不失时机地又提到了田七。田七好的呀,他说,田七人很好的。

嘿嘿,田二伏心里一直暖洋洋的。

田七有没有和你提到过我,老乡说,她说我什么?

田二伏想说没有,但觉得老乡眼巴巴地期望着什么,就不忍心说田七根本就不愿意提到他,田二伏只能含糊一下,嘿嘿。

老乡说,她有没有说我也是做厨师的?她肯定说了吧?

咦咦,田二伏觉得很意外,你也是做厨师的?

什么叫我也是做厨师的?老乡说,我不要太有名气噢,八味斋,你听说过八味斋吗?

八味斋田二伏是知道的,是百年老店呀,他说。

是的是的,老乡说,你倒也是见多识广的啊,我是八味斋的白案师傅。白案你知道吧,就是做面食点心的,后来他们嫌我没有文凭,不要我,都是学校毕业的小孩子进去了,他们的饭店弄不好了。

田二伏听他这么说了,对他就有点另眼相看了。他原来就想不通,田七的老乡怎么在街上抢钱包呢?现在可能想通了,因为下了岗,经济困难,才想出那样的下策,去抢老乡的钱包,他也许认为,反正是老乡,抢了也不要紧的。田二伏想,幸亏我没有听别人的话,幸亏是听了田七的话,没有把他弄到派出所去。

现在老乡从身上掏出了什么东西,递给田二伏。田二伏一看,是一张八味斋的工作证,上面是老乡的照片,还有老乡的名字:周本大。

你叫周本大?

周本大?周本大?老乡拿过工作证去看了看,说,当然周本大,我当然叫周本大。

工作证已经很旧了,都发了黄。田二伏说,你在八味斋工作很长时间了?

当然长的,周本大拿回工作证,小心地藏好了,说,我被辞退的时候,他们要收回去的,我不肯,我不给他们,收回去了我拿什么来证明我自己呀,老乡,你说是不是?要是现在我不给你看我的工作证,你肯定以为我是骗子,是不是?

这倒是的,田二伏说。

但是有了这个工作证,你肯定是相信我的,是不是?如果你还不够相信我,我也有办法叫你更相信我的。

比如说吧,周本大说,我问你啊,做面食包子的要领是什么,你说得出吗?

田二伏想了想,他想起生活热线介绍过的,面要发得好,他说。

我就知道你会这么说的,换了别人,也会这么说的,其实这种说法是有问题的,周本大说,做老面包子,要领是手劲啊,要力气大,揉面要揉得透。

噢,田二伏说。

怎么样,周本大说,现在你更相信我了吧?要是我不是周本大,要是我不是八味斋的白案师傅,我怎么知道做包子的要领呢?

这倒是的,田二伏承认他说得有道理,不过我并没有怀疑你呀,田二伏想,我就算不相信你,田七我总归是相信的呀。

现在说说你们的饭店吧,周本大说,你们老板对你很好的啊。

好是蛮好的,田二伏说,不过……

老板像是你的父亲。

不是的。

那就是你的亲戚。

不是的。

那就是你的老乡。

不是的。

那就是你们老板很看重你的。

田二伏想了想,周本大所说的,父亲啦,亲戚啦,同乡啦,什么啦,虽然都不是的，但是王才对他，确实是有一种说不清的东西的，像是父亲，像是亲戚，像是同乡，也像是很看重的，田二伏不知道这种东西从何而来因何而生，反正他想起王才，想起王才的老婆，甚至想起王才的斗鸡眼的孩子，他心里都会有一点温暖的。

肯定是的啊，周本大看出田二伏在体会温暖，他说，所以我来找你还是找对了。

接下来周本大就告诉田二伏，他早就看准了，田二伏一定是可以替他介绍工作的，他认准田二伏是有这个可能性的。

没有的，没有的，田二伏说。

有的。

我不是老板呀。

但是你等于是半个老板呀。

我们店里不做面食点心的。

从前不做不要紧，以后开始做就行了。

周本大是有点自说自话的，他只按照自己的思维往前走，田二伏怎么拉也拉不住他。田二伏说不行的，他就说行的，田二伏说没有可能的，他就说一定有可能的。最后田二伏看时间不早，他要走了，周本大向他挥挥手，说，哎，我等你的消息啊。

不行的。

行的。

他们就分头回去了。

虽然田二伏嘴上说不行，但是他心里却是存着事情了。虽然他知道周本大这样托他是很脱空的，有点莫名其妙，但是周本大确实是把希望寄托在他的身上，他看得出周本大眼睛里充满了对他的信任和期待，这种信任和期待压得他心里沉甸甸的，所以田二伏竟然就把一件脱脱空空的事情真当成一回事了,真的就放在心上了。当然田二伏把周本大的事情放在心上,还有一个更重要的因素,大家也知道的,就是因为田七,无论怎么说,他毕竟是田七的老乡。田二伏决定去和王才谈一谈,一个不做面食点心的饭店,如果增加一项业务,也做包子馒头卖,对饭店应该是个好事情呀。

所以田二伏回到饭店,先看看王才的脸色,但是他看不出王才的情绪是高还是低,他心里忐忐忑忑的,想说话,又不知怎么开口,毕竟这事情太突然,也有点离谱,他觉得要等到一个机会再开口。

这个机会后来就来了,是那个斗鸡眼孩子带来的。孩子要吃包子,王才叫陆妹去帮他买了两个包子,孩子咬了一口,就不吃了。

不好吃。

怎么会不好吃?王才也拿过去咬了一口,是不好吃,粘牙的。

面发得不好,陆妹说,面发得不好就会粘牙。

这样他们就说到城里的点心了,他们一致认为城里的点心都做得不好,揉面的人不肯下力气揉,所以面食就没有韧劲,吃起来就会粘牙。

城里人到底力气小,揉不动面的。

这样说了说,他们差不多就要转换话题了,田二伏就赶紧拉住这个话题,他说,如果我们店也卖馒头包子,其实倒也能增加收入的。

王才还没有回过神来,他的老婆又发出声响了。

咦,咦咦,她说。

现在居民买包子馒头的很多,陆妹也说。她总是支持田二伏的,虽然每个人都知道田二伏喜欢别人,但是陆妹仍然是要支持田二伏的。

那边店里一直排着长队,其实他们的包子也不好吃的。

因为附近没有别的点心店了呀。

他们七嘴八舌地议论开了,朝着田二伏喜欢的方向。田二伏就有点推波助澜,他说,今天做今天赚,明天做明天赚,不做就没得赚。

王才有点奇怪地看看田二伏,咦,他说,你干什么?

田二伏聪明的,陆妹说,田二伏已经学会经商了,田二伏已经有经商的头脑了呀。

有经商的头脑有屁用,王才说,他又不会做包子的。他回头问田二伏,你会做包子啊?

我是不会,田二伏说,但是有别人会的。

叫他来做包子,叫他来做包子,小孩抱住田二伏的腿,叫他来做包子,他一边说着,一边把鼻涕擦在田二伏的裤腿上。

这个孩子好像专门是要帮助田二伏的,他总是在关键的时候推田二伏一把。因为小孩这么说了,王才就说,照你这样说,你已经有人可以推荐了。

田二伏就说了周本大的事情,他说周本大做包子是出名的,人家都知道他的大名。其实这话是他编出来的,但是无论如何,八味斋的名气是人人皆知的呀。所以王才的耳朵竖起来了,王才的老婆脸上已经有了笑意了,这样事情就有八成的希望了。

他们最后真的走上了田二伏设定的路线。他们增设面点制品,并且做了一个广告,广告肯定是田二伏来做的,他的美术字写得很好,他写了一条很大的横幅,当街挂了起来。

本店特聘请八味斋白案师傅制作老面包子馒头

包子馒头的生意是出奇的好,每天都要排队,所以周本大做起来也很有劲,他热了就脱光了膀子做,他说,怎么样?怎么样?怎么样?

居民们远远近近地都来买了。他们来的时候,会有邻居问他们,老李啊,你到哪里去?

去买八味斋的包子。

张阿姨啊,你出去呀?

是呀,去买八味斋的包子。

单位里的人也有来买的,他们说,喂,我去买八味斋的包子,你们谁要啊?

我要。

我要。

我要。

他的同事都说要的,有的还要多买几个,不光是自己吃,还要带回家给家里人吃,所以他们就委托同事替他们带回来。

我要十个。

我要八个。

我要咸菜馅。

我要菜包子。

喔哟哟,他们的同事说,我要用计算机算一算了,要买多少个呀。

反正也是要排队的,少买不如多买,他的同事说。

他说,这倒也是的,排了好长的队,买少少的,心里不大舒服的。

这样他就去排队了,排队以后买了好多个,装了几个马甲袋,后面排队的人都叫了起来。

怎么这样买法的呀?

你一个人把八味斋的包子全包了啊。

这叫我们等到猴年马月啊。

单位里的人一脸的对不起的样子,提了几个袋子就快快地走了,热气从马甲袋的口子里蒸腾出来。

生意真是好,居民们说。

八味斋的包子是好吃。

我昨天买了,今天又来买。

王才他们虽然很忙,但是忙得开心。正在忙着的时候,就有两个人站到了他的面前。

你是老板吗?

我是的。

你姓王吗?

我姓王。

那你怎么能卖我们的包子?王才没有听懂,他愣了愣,你们的包子?

他想,明明是我做的包子,怎么变成你们的包子了?王才愣愣地想着,话还没有问出来,那两个人又已经说了,八味斋是我们,我们是八味斋,所以,你不能卖八味斋的包子。

八味斋?王才说,我没有卖八味斋的包子呀。

那就问问他们,这两个人把王才拉到排队的顾客这里,他们问道,你们买什么呢?

我们买八味斋的包子呀。

八味斋的包子味道好的。

他们纷纷地说。

这两个人就不说话了,他们觉得已经没有什么可说的了,他们两个都面对着王才站着,他们等待他的答复。

咦咦,王才说,什么时候是八味斋的包子了呢?

他们觉得王才是有意这么说的,就有点生气了。他们让王才看自己拉的横幅标语,你自己念一念,他们说。

"本店特聘请八味斋白案师傅制作老面包子馒头",王才念了一遍,没有觉得念出什么意思来,他又重新念了一遍。

白纸黑字啊,他们说,白纸黑字啊。

其实是红纸黑字,但是王才觉得也没必要去纠正他们。

发生这些事情的时候田二伏不在场,他又到菜场去寻找灵感了,等田二伏回来的时候,那两个人已经走了。他们把事情告诉了田二伏,田二伏说,后来呢?

后来他们就说是侵什么了,王才说。

侵什么,侵权?

侵权,什么侵权?王才说,我们不懂的。

再后来呢?

再后来他们就说,叫我们不许再做包子了,王才说,是不是有点莫名其妙?

简直是太莫名其妙,陆妹说。

那我们,还做不做包子呢,王才说,难道要听他们的?

不听的,王才的老婆说。

是不听的,王才说,他们又不是工商的,他们也不是公安的。

这样他们仍然做包子,仍然是有人排长长的队,他们买了包子走在路上,仍然跟别人说,买包子了,八味斋的包子好啊。

我昨天也买了。

今天又要买了。

这样过了两天,那两个人又来了,他们交给王才一张纸,王才还没有来得及看呢,又有两个人扛着摄像机过来了,他们说,我们是电视台的,来拍侵权的事情。

啊呀呀,王才说,啊呀呀,谁叫你们来的?

是八味斋呀,电视台的人说,喏,张经理喏。

是张经理跟我们头联系的,电视台的另一个人说。

张经理说,前天我们已经口头通知你们停止侵权,你们没有理睬,而且,据了解,这两天你们变本加厉,包子卖疯了,这样我们也没有办法了,我们的利益受到了侵害,我们只好请电视台来拍一拍。

张经理说话的时候,电视台的人开始去采访排队的顾客。

包子怎么样?

味道好极了。

群众以为是来宣传和表扬包子呢,所以他们都很配合地做出了赞扬的表情。

这边王才有点手足无措了,这算什么呢?他挂着两条胳膊,张着两只手,转来转去,既不能去阻止电视台,又不能眼看着他们拍下来,他焦头烂额地说,这算什么呢?

也没有什么,张经理说,只要你们停止侵权,我们也不会怎么样的,如果你们不停止侵权,电视台拍的就是我们上法院告你们的证据啊。

电视台已经拍过群众采访,接下来他们要拍这件事情中的最关键人物了,那就是八味斋的白案师傅。他到底是谁,其实连张经理他们也没有搞明白,他们一直在想,会不会是王才编出故事来骗人的,他们把八味斋下岗退休的人员想来想去,也没有想出是哪一个可能到王才这里来做,因此他们今天来,还带着揭穿骗局的想法。后来他们随王才走进了厨房。

咦,人呢?王才看到只有陆妹在里边。

走了,陆妹说。

从哪里走的,我怎么没看见?

后门走的,陆妹说,他看到电视台来了,就说了一声,我要走了,就走了。

咦咦。

张经理的警惕性倒是蛮高的,他为什么看见电视台就走了?他是不是冒充的?他到底叫什么名字?

这样事情到这时候就穿帮了,因为王才说,他叫周本大,张经理和他们店里的另外一个人就惊讶地叫了起来,脸色怪怪的。

什么?他们又问了一遍。

周本大。

死人啊,张经理说。

周本大前年就过世了,另一个人说。

啊呀呀,陆妹尖叫起来,啊呀呀,我的妈。

见鬼了啊,他们都这么想,一个死人来给他们做包子,还卖得这么好,但是他们又都是聪明人,他们在这么想着的时候,思想里忽然就有了另一个闪光的亮点,他们的思维已经在不知不觉中进入了正确的思路:肯定是有一个人冒充周本大。

他们几乎同时想到这个问题,但是电视台的人无所谓,他们没有拍到八味斋的白案师傅,就拍了拍厨房。陆妹说,上次电视台拍我的时候,明明拍的正面,放出来的时候,就变成背影了。

电视台的人笑了笑。

那么这个假冒死人的人,是什么样子的呢?张经理说,他肯定是知道周本大的,周本大是我们的老师傅了。

他是瘦瘦小小的,脸色有点黄,王才说。

有这样的人吗,张经理问他的同事,我们店里有过这样的人吗?

这个嘛,他的同事想了想,难说的,我们店里进进出出的人很多,叫我想,我也想不起来的。

本来是要告王才侵权的,现在变成了另一个案子了,王才说,你还要告我们吗,我们也是受害者呀。

你们怎么是受害者呢,张经理说,他到底帮你们做了这么多天的包子,你们到底赚了的呀。

咦咦,王才到这时候才发现另一个重点的中心人物田二伏不在,田二伏呢?

他去打电话了,陆妹说。

刚才事情开始闹起来,田二伏想,周本大是我引荐来的,而且他又是田七的老乡,如果他不是田七的老乡,我可能也不会这么积极地去引荐他的,我是有一点私心杂念的,现在影响到王才的声誉和生意,要被人家告了,要打官司了,这个事情我是有责任的。他这么想着,就去翻自己的笔记本。他的笔记本上有许多关于法律的知识,但是没有碰到过白案师傅这样的案例。

我可以去打法律热线电话,田二伏想,去咨询法律顾问。他这么想着,就往外走了。

田二伏就要去打热线电话了,这个号码他是很熟的,早在乡下的时候,他就已经记得牢牢的了,只是在乡下是无论如何也用不上,他也是很想用一用的,但是始终没有机会,就算到了城里,也不是随随便便就能用上的。田二伏一直守到今天,才有了这么个机会。

我终于要去打热线电话了,一想到这个,田二伏忽然有些紧张起来了。虽然感觉上他已经对电台的热线了如指掌了,好像他已经打过无数次,已经驾轻就熟了,但是等到事情真的来了,田二伏落到实处一想,心里就慌慌的了,就忐忑起来,这毕竟是头一次呀。

田二伏努力去回忆广播里别人是怎样打热线电话,是怎样开头,怎样继续的,他可以学他们的样子。但是这些几乎整日与他相伴的内容,现在却变得那么飘忽,那么遥远,那么的不可触摸,这使得田二伏一下子有点不知所措了。

不过他的脚步并没有停下来,一直往电话亭那里走过去,一边走还一边在心里打腹稿。

喂,您是法律顾问王律师吗?

是的,请问您贵姓。

我姓田。

噢,田先生您好。

王律师您好,我有一个法律上的疑问。

请说。

田二伏已经来到了街边的电话亭,但是电话亭里有人在打电话,外面还站着两个等候的人。田二伏再往前走,又到了一处,也仍然是有人打电话,也仍然是有人焦急地守候着。田二伏穿过马路,来到第三个电话亭,还好,只有一个人在里边打电话,田二伏停了下来。

正在打电话的是个女孩子,她抱着电话像是抱着个洋娃娃,身体扭来扭去的,脚在地上一捻一捻的,虽然田二伏听不见她的声音,但是他感觉到她的声音是嗲嗲的那种。他猜想她一定是在给男朋友打电话,这么猜想,田二伏心里竟是甜甜的,好像他就是她的男朋友。

田二伏本来是站在她身后等的,他不想站到她的面前去,他觉得那样做不太礼貌。但是等了等,她一直没有要结束电话的意思,她的姿势仍然是老样子,身体仍然是扭来扭去,脚在地上一捻一捻的。田二伏有些等不及了,他只好不礼貌一点了,他动了一下位置,想让她看见他的存在。明明看见他在等打电话,但是她却视而不见,甚至还把身体转了过去,这样她又看不见田二伏的存在了。田二伏敲了敲电话亭的玻璃,女孩子有点生气了,她打开门,伸出头对他说,你想干什么,偷听我电话啊?

我听不见的,田二伏说,门关着的,玻璃也是隔音的呀。

听不见你一直站在这里干什么?

咦咦,田二伏说,我等打电话啊。

咦咦,她觉得不可思议,街上电话那么多,你干什么非要盯住我?

对不起,田二伏说,那边几个电话都有人在打。

嘻嘻嘻,怒气冲冲的女孩子忽然又笑了起来,嘻嘻嘻。

田二伏顺着她的目光回头看,发现陆妹跑来了,她气喘吁吁地叫喊道:哎呀呀,哎呀呀,奔死我了。

你干什么呢？田二伏说。

哎呀呀，陆妹说，我来叫你回去的。

打电话的女孩子嘻嘻地对田二伏说，她是你老婆啊。

不是的，不是的，田二伏说。

快回去呀，陆妹说，你这个人，怎么介绍个死人来做包子呀。

什么死人做包子？

周本大是个死人呀，陆妹说，你见鬼了啊。

怎么是死人呢，田二伏觉得陆妹很不可思议，死人会说话，会做包子吗？

他们吵吵嚷嚷地回到店里，王才也很生气。王才说，田二伏啊，我是看重你的，你不要给我乱来啊。

我没有乱来啊，田二伏说，他说他是白案师傅，我就介绍了。

但是他根本不是周本大啊，王才说。

但是他告诉我他叫周本大呀，田二伏说，对了，他还给我看了他的工作证，上面还有他本人的照片。

什么东西啊，王才仍然有点生气，工作证可以去买一张假的，什么证都可以买的，你介绍的什么东西啊，是骗子。

根本不是周本大，陆妹说，不过呢，他做的包子是很好的。

这倒是的，王才想，可惜他逃跑了，都怪电视台。

工作证可以买一个的，有人说。

他们七嘴八舌地说了一会儿。

现在外面的群众都对王才有意见，他们觉得包子才刚刚吃出点味道来，才刚刚吃开了头呢，就停做了，这是不负责任的表现，这是不为群众着想，这是只追求经济效益不要社会效益的愚蠢表现。

我没有经济效益呀,王才冤枉地说。

那你就继续做包子吧,他们说。

现在王才要来求田二伏了,田二伏哎,他说,你去找找看呢。

田二伏来到田七这里,把事情和田七说了,他先回忆了抢钱包的事情,又说到菜场上的巧遇,再又详细说了假周本大去做包子以后发生的一系列事情,最后希望田七帮忙找找她的老乡。他说,以后我们不用八味斋白案师傅这样的广告,就不会惹事了。

田七一直不说话。

田二伏又说,虽然老乡骗了他,也骗了王才,自己用了一个死人的名字,但是他和王才都是可以原谅他的,他们也是能够体谅他的,因为他毕竟是找工作心切,不掮八味斋的牌子,怕他们不肯理他呀。所以现在王才一心想重新请他回去,仍然去做包子,群众很欢迎他的包子。

田七听完田二伏的话,忽然哭了起来,把田二伏吓了一大跳,因为在田二伏看来,田七一直都是平平静静的,甚至都是冷冷的,她不大肯笑,更不会哭,现在她哭了,田二伏便很慌张,心里也很痛,我说错什么了?我说错什么了?他慌慌张张地问。

你不要找他了,田七说。

为什么?

他不可能回去的,他是个通缉犯,所以看到电视台来,就要逃走的。

咦咦,田二伏的心莫名其妙地跳了起来,紧张起来。

他犯了事情,逃出来了,警察就通缉他了,田七说,他一直东逃西躲的,也一直冒名顶替的。

啊呀呀,啊呀呀,田二伏说,那怎么办呢?

他冒过好多人的名字呢,田七说,她从抽屉里拿出一张照片给田二伏看。

田二伏看了看,正是田七和他的合影,田七说,是结婚照。

其实田二伏已经先从照片上看出些意思来了。他想,两个人的头靠得那么近,肯定是对象了,也可能是从前谈过恋爱,后来吹了,因为他觉得田七不可能和一个骗子在一起的。田七说了结婚照三个字,田二伏有些意外,但又不是太出乎意料。原来他是田七的丈夫,田二伏想,难怪上次他抢她的钱包时,她说算了算了。

现在田二伏的心已经怦怦地跳得很厉害了,好像感觉那个被通缉的人就是他自己了,他就是一个到处躲藏也躲不掉的人,他好像看见警察已经出现在他的眼前了。

那,那怎么办呢?田二伏明显地慌了。

关你什么事,田七说,她已经擦干了眼泪,现在又重新开始冷漠了,那种冷冰冰的表情又出现在她的脸上。

咦咦,田二伏说,怎么不关我的事,他是你的丈夫,你是我的朋友,朋友的丈夫有事情了,怎么不关我的事呢。

你要管也管不了的,田七说,她冷冷地看了看田二伏,你以为你是警察啊。

那么,那么,田二伏说,他现在在哪里呢?

咦,我告诉你,让你去告诉警察?田七说。

我不会的。

你知道了他在哪里,你不报告警察,你就是包庇罪,田七说。

但是,但是,田二伏说,但是我知道一些法律知识的。

田七仍然冷冷的,现在她连看也不看他了。

真的,我是喜欢听广播的,广播里有专门的法律热线节目,我笔记本上有各种各样的案例,我可以拿一个比较接近的来对照一下,看看你的那个、那个丈夫是犯了哪一条,严重不严重。

诈骗。

诈骗,田二伏想了想,是诈骗的话,如果退了钱,会从轻的。

哪里有钱退,田七说,然后她扔下田二伏,就回了店堂。有人在那里等她洗头,而且已经等得有点不耐烦了。

第 9 章

田二伏决定要帮助田七,当然他不会把自己的决定告诉别人,他甚至不会说出田七的丈夫是通缉犯这件事情。王才追问他的时候,他就说,我找不到他,他可能已经离开这里了。王才叹了口气,只好叫田二伏去做包子了。田二伏做的包子,是不如假周本大的,差得远了。虽然田二伏牢记他的教导,掌握了要领,揉面的时候下了死劲,但是仍然做不出很好味道的包子。

群众是有意见的,但是王才就算接受他们的意见也不能使这个情况有所改变,所以后来群众反反复复地讲了讲,也就不再讲了。仍然是有人来买包子的,不过不像从前那样排成长队了。

快到年底了,王才终于把欠他们一年的工资发下来了。田二伏曾经再三想象,拿到工资以后,除了留一点钱给父亲母亲买点礼品回去,其余的钱,都去交给田七,如果田七不肯收下,他一定要说服田七收下的,如果田七收下了,他也不要她写什么借条,他会跟田七说,你以后有了钱再还我好了,我反正也不急用的。如果以后田七不再还他,他就当作是资助田七,也不会再去向田七讨钱。这时候收音机里正在播出爱情与婚姻节目,今天的内容是谈离婚的。田二伏听了听,思维就有点乱了,他忽然就想到马小翠,又想到田七,后来又想了想自己的人生之路。

这样田二伏觉得事情是有希望有盼头的,这和他决定帮助田七的事情是紧紧联系在一起的。他想来想去,能够帮助田七的,只有在经济上,能够让她的丈夫把诈骗的钱退掉一点,再去投案自首。虽然他这样的想法没有和田七沟通过,而且就算他想去沟通,田七也不会听,但是田二伏坚信自己的主意是正确的,是唯一的出路。

在王才给他们发工资的时候,王才好像忘记了一个人的存在,他就是王才的老乡,当初硬要把饭店塞给王才的那个人。那时候他对王才说,你什么时候做出钱来了,什么时候还我都可以的,他的名字叫吴途,叫起来就像是糊涂。吴途一直没有来找王才,人影子也没有见过,好像他已经把自己的饭店忘记了,王才可能因此以为他真的是糊涂的,其实王才错了。

吴途在适当的时候就出现了,他说,王才啊,我知道这时候来找你最是时候了。

为什么呢?

你手里有钱呀。

我手里有钱,王才说,我要付他们一年的工资呢,我要讲信用的。再说了,你也来晚了,我已经发给他们了。

那我不管的,吴途说,这是你自己犯的错误,我不管你的错误,反正你不能拖欠我的钱。我过三天来找你!最后吴途斩钉截铁地说,说过之后,他就走了。

我要是不还吴途的钱,吴途就要收回饭店了,吴途收回了饭店,我到哪里去呢?王才想,还有我的老婆孩子到哪里去呢?乡下的房子也已经卖掉了,王才现在真的有点走投无路了。他的儿子在他身边走来走去,王才没有办法地拍拍儿子的脑袋,儿子啊儿子,他说,你老子辛辛苦苦都是为你做的呀。

这时候田二伏正在往田七那里赶呢。

田二伏在一路上甚至想了好几套说词,先说一套,这一套如果田七听不进去,就说另一套,反正他要动员田七把这个钱拿回去,因为在田二伏的思想里,田七是不会拿他的钱的,他要对田七说,你这种想法太见外了,什么事情最重要?当然是挽救一个人最重要。

尽管田二伏想了好几套方案,但是到底一套也没有用上,田二伏远远地出现在那里的时候,一个小姐叫喊起来,大哥,洗头啊。

这个小姐不是田七,但是田二伏仍然向她笑眯眯地点点头,他感觉到这个店里的人都是很亲切的。他走进店堂,没有看见田七,他以为田七在忙别的事情,就坐下来。我等一等好了,他说。

嘻嘻。

嘿嘿。

小姐们都笑了笑。

她们的师傅已经应声而到了,你洗头啊?他问田二伏。

洗头。

叫她们中哪一个洗吧,师傅指了指那几个空闲着的小姐。

嘿嘿,田二伏有些尴尬,他说不要吧,有点伤其他小姐,他说好的吧,又亏了自己,因为他心里只想田七来帮他洗。其实店里的人都知道他的想法,从前来的时候,她们从来不会为难他,今天好像有点不一样了。

你是要等田七的,师傅又说。

嘿嘿,田二伏说,嘿嘿。

可是,可是,师傅好像犹豫了一下,好像有话不大好说出口的样子,但是最后他还是说了,田七不在这里做了。

啊啊？田二伏惊讶地张了张嘴,啊啊？

田七走了。

到哪里去了？

我们也不晓得。

那,那,田二伏有点手足无措了,那怎么办呢？

师傅拿出一个封好的信封,交给田二伏,田二伏的心里重新燃起了一丝希望,有点激动。毕竟田七还是给他留了一封信,田七知道他会来找她,这算不算心有灵犀呢？但是如果田七留了信,他却不再去找她,这封信不是失去意义了吗？

怎么可能呢,田二伏想,我肯定是要找她的呀。

田七在信里留了一把钥匙,并且写了一个地址,她告诉田二伏,这地方是她租的一间房,已经交了三个月的租金,现在她走了,那房子不住满三个月也是白浪费,如果田二伏需要,他可以到她的房子去住。至于田七为什么走的,走到哪里去了,她的丈夫后来到底怎么样了,是被捉住了,还是逃走了,田七的信里一字未提。

这算什么呢？田二伏拿着钥匙有些发愣,她等于什么也没有说呀。

喂喂,喂喂,店里的小姐看他这种样子,她们都觉得有点好笑,去叫了叫他,田二伏才有点清醒过来。

你这个人,她们说,倒看你不出的啊。

什么呀？

花功蛮好的呀。

什么呀？

一门心思盯牢了田七，人家有男人你也不管的，一个小姐说。

近水楼台，他走几步就可以过来看田七嘛，另一个小姐说。

还有一个自己店里的呢，那是更近了呀。

窝边草也要吃的。

嘻嘻。

嘿嘿。

我没有呀，田二伏说，我什么也没有的。

还没有呢，今天又来过一个找你的。

肚子都大了。

有这么大了。

小姐们叽叽喳喳嘻嘻哈哈。

田二伏认为她们是拿他寻开心的，他知道辩解也没有什么用，他倒是仍然想问问田七的情况，但是她们不跟他说田七，她们只是说那些嘻嘻哈哈的话。

你到底有几个好妹妹？

你究竟爱的是谁？

田二伏只好红着脸逃开了。

田二伏按照田七给的地址，来到那个地方，这里比较偏僻，是城乡结合的地方，田二伏开门进去看了看，他想，我是不会到这种地方来住的。

房东看到他，向他点点头，笑了一下，来啦，他说，他的口气好像一直是田二伏在这里住着。

田二伏只好含糊地哎了一声,他不好去解释的,要解释人家恐怕也听不懂。

你老婆呢?房东问。

田二伏知道他误认为田七是自己老婆了,心里有点异样的感觉,脸上不由地有点热起来。

回老家还没有回来啊?房东又问。

哎哎,没有回来,田二伏只好顺着房东知道的话题应付下去。

你老婆漂亮的。

你老婆人也好的。

你老婆怎么怎么的。

田二伏支吾了两声就逃了出来。他有点不平静,他想,要是马小翠不那样,他的老婆就是马小翠,再也不可能是田七。田二伏心里多少有一点失落,因为田七最后还是没有用上他的钱。

田二伏口袋里装着一些钱,但是心里却是空空的。他现在有点体会到过去不能体会的一句话:钱不是万能的。电台的节目里经常会谈到这个话题,说一个人富得只剩下钱了。田二伏是很喜欢听这一类理想节目的,但是毕竟从前对这样的感受是不深的,想不到进了城,现在还是刚刚有了一点钱,而且也只是一点点的钱,他就已经开始体验这样的感受了。

唉唉,田二伏想,城里和乡下真是不一样的。

田二伏的脚步不知不觉就往原先的新潮歌舞厅那里去了。他回想了一些事情,堂叔是怎么带他出来的,他是怎么在歌舞厅里工作的,后来歌舞厅又是怎么出事情的,再后来小勇和桂生是怎么在这里找到他的,等等等等。他这么回想着,心潮是一起一伏的,他有点想念小勇和桂生了。他这么想念着,脚步就不由自主地往小勇和桂生他们的工地那儿去了。虽然工地对他来说,是一桩不堪回首的往事,但是因为有小勇和桂生在那里,田二伏现在回想起偷自行车之类的窝囊事情,心情却是平平淡淡的,没有什么激愤,也没有什么不平。他想如果见到了小勇和桂生,他就要对他们说,走,喝酒去。

今天我请客。

今天要喝白酒的。

今天要进正式的馆子,而不是在路边的大排档。

但是田二伏没有见到小勇和桂生,工地上的人告诉他,小勇在没有任何防护的情况下,爬高去拆房子,结果房子倒塌,小勇摔下来,受了重伤,不能动了,桂生一直在医院陪他。

啊呀呀,田二伏说,怎么会的,他们没有来告诉我呀。

工地的人朝他看看,你是他们的谁呢?

我是老乡。

也是在这里打工的?

是的。

那他们告诉你干什么呢?

告诉你有什么用呢?

田二伏觉得他们的思路是不可思议的,田二伏没有再和他们多说什么,就往医院去了。

你怎么不告诉我呢,你怎么不叫桂生来告诉我呢,田二伏冲到小勇病床前就说,你为什么不让我知道呢?

没多大个事,告诉来告诉去的,麻烦,小勇说,田二伏你也赶得巧,我今天正好要出院回家了。

小勇虽然躺着不能动弹,但情绪却是好的,他还告诉田二伏,他后来见过马子平,马子平告诉他,马小翠现在去人家做保姆了。

田二伏一时有些发愣,他忽然间就想起在劳务市场上看到一个姑娘跟着人家走的那情形,不由得叹了一口气。

是个好人家,小勇说,是个知识分子家庭,人家是大学里的老师哎。

田二伏见小勇情绪好,觉得自己也不好紧锁眉头,他也开心起来,说了说自己的情况,他说发了工资,有了钱,本来想来约他们喝酒的,现在看来要到春节回家时一起喝个痛快了。

小勇也很高兴,他说,田二伏啊,春节后,我就可以和你们一起出来做了。

后来小勇的母亲也来和田二伏说话,她问田二伏,二伏啊,乡下有好多传说呀,是关于马小翠的,说你跟马小翠又好了啊。

田二伏红着脸摇了摇头,他来到城里,还没有见过马小翠一面呢,乡下怎么会有这样的传说呢?

还有是说马小翠去做坏事情了,她又说。

没有的,田二伏急了,没有的。

那你知道她的事情啊?

我不知道的。

那你怎么说没有的?小勇的母亲脸上是一种完全不相信的表情,无风不起浪的呀,还有人说她嫁给人家做小老婆了呢……

好了好了,小勇阻止母亲乱说,你管管自己家的事情吧。

小勇的母亲愣了愣,接着就抹起眼泪来,她边哭边说,我的命怎么这么苦啊,人家也出来打工,就好好的,怎么就偏偏你……

田二伏看不得人家哭,他的鼻子酸酸的,急忙走了出去,他到医院的小商场去买了一只收音机,打算送给小勇。等他回到病房的时候,他看到桂生一个人站在病房外偷偷地抹眼泪。

他瘫痪了,桂生说,他再也站不起来了。

哎呀,田二伏心里突然很痛,一刺一刺的。没有防护措施,你们怎么能施工呢?他说。

都这样的呀,桂生说,都是这样的。

那小勇,小勇他自己知道不知道?田二伏问。

他情绪好像蛮好的,他又说。

他知道了,桂生说。

田二伏突然就慌了起来,他的心乱跳着,腿也软了。这时候推车已经过来了,小勇躺在推车上向田二伏和桂生挥手告别。田二伏想扶着推车送小勇一段路,但是他根本就迈不开步子,走不动路了。他还想问一问小勇,要不要支持他一点钱,但是他也开不了口,说不出话来。他只是呆呆地站在原地,心慌意乱,手里紧紧地捏着新买的收音机,一直到小勇从他们的视野里消失。

田二伏看看桂生,桂生也看看田二伏。

走了。

走了。

他们分头往自己打工的地方去了。

田二伏回去以后,先把带在身上的钱拿出来藏好,走出房门的时候,碰见了陆妹,他对陆妹说,陆妹啊,我老乡受伤了。

哪知陆妹哼了一声,很生气的样子,扭着身子不理他。

咦咦,田二伏说,咦咦。

你都弄大人家肚子了,陆妹说。

咦咦。

一个大肚子女人,在对面街上守了你半天了。

咦咦。

田二伏顺着陆妹的指点往外看，他惊得差点叫起来，那个人竟是马小翠。

马小翠马小翠，田二伏一边喊一边跑过去，他跑到马小翠身边，激动得有些不知所措。他以为马小翠会哇地大哭起来，他想她如果扑到他的肩上，他一定是要扛着她的。但是马小翠没有，她只是笑眯眯地看着田二伏。

嗨，田二伏，她说。

你，田二伏不知说什么好，你，嘿嘿，你结婚了？

没有。

嘿嘿，田二伏脸红了，他不敢去看马小翠挺起的肚子。

不过快了，马小翠说，田二伏哎，我今天就是来请你帮忙的。

马小翠告诉田二伏她的故事，这是正式的版本，她说，可能他们说了我许多故事吧，她笑了笑，我自己说出来的，才是最正式的噢。

马小翠爱上了东家，东家也爱上了她，他们是真心相爱的。现在东家要离婚，但是东家太太要一笔钱，东家没有这么多钱，马小翠出来替他筹钱。

只要给她钱，她就肯离了，马小翠说，不算难缠的。

田二伏一时有些张口结舌，他不知道说什么好，总觉得有点那个什么。马小翠是聪明的，她可能已经看出了他的疑虑，她说，他不是为钱，他是真心爱我的，他为我做什么都愿意的。

那，那，田二伏又不知说什么好了。

马小翠又替他说了，到底要多少钱呢，这个呢也不用你操心的，我今天来找你，不是向你借钱的，你一个打工的，凑出来了也不够我们一个零头的,我是来问一问马子平的新地址。

那,那,田二伏仍然有点耿耿于怀,那个人,他。

他是个好人,他是真的爱我的,我们是真心相爱的,她反反复复地说。她的眼睛里放出光彩,很幸福的样子。所以田二伏想,虽然弄得人家离婚这个事情不大好,但是如果马小翠开心,而且能够托付终身,尽管不大好的事情也是要去做的呀。

田二伏陪马小翠去找马子平,这个地址还是小勇早先告诉田二伏的。田二伏一路上就有点担心,这不是什么新地址了,有一段时间了,马子平不会又搬家了吧？马子平可不要又搬家了啊,他反复地说,很焦急的样子。

田二伏哎,马小翠盯着田二伏看,又笑,她说,你还是老样子啊。

嘿嘿。

事情果然被田二伏担心着了,马子平不在。马子平的房东说马子平早已经逃走,他以为他们也是来要债的,十分同情地说,唉,我们是同病相怜的呀,他欠了我整整两年的房租了。

马小翠向田二伏挥挥手,嗨,田二伏,谢谢你啊。

咦咦,田二伏想说一句什么话,比如说,就这样了？你怎么办呢？等等,但是没等他说出来,马小翠已经登上了公交车,她在车上又向田二伏挥了挥手。

虽然马小翠并没有表现出失望和难过,但是田二伏心里能够感觉马小翠走的时候眼光是黯淡下去了的。田二伏目送着公交车渐渐远去,他想,我应该帮助她的呀,虽然她这样,虽然她那样,但是我毕竟是应该帮助她的呀,她走的时候,一定觉得我很小气,一定以为我对她有意见,她心里一定难过的……田二伏想了想,他很快就决定回去拿了钱再去追马小翠。

陆妹他们都在店堂里，他们看着田二伏急急地穿过店堂到后院的宿舍里去，只是过了一小会儿，就听到田二伏大声地叫起来，咦，我的钱呢？

大家过来看看，田二伏手里拿着两张一百元的钱，四处张望着，咦咦，怎么只剩这两张了？他说。

大家觉得心里慌慌的。

我没有拿啊。

我也没有拿啊。

我没有进过你们的房间啊。

我也没有进过啊。

这时候王才也闻讯过来，他只是听大家说话，一直没有发表意见，他们有的是相互怀疑，有的只是洗刷自己，也有的甚至怀疑田二伏瞎说。

从前没有过这种事情的，他说，我们都做了一年了，谁少过一分钱？

没有的。

田二伏也有点不高兴了，难道是我瞎说的？

这个谁也不知道呀。

陆妹又出来帮田二伏了，你这叫什么话，田二伏是那样的人吗？

大家又被陆妹问住了，又七扯八扯了一会儿，就有人开拓了一条新思路。

报派出所吧。

叫警察来吧。

警察一来马上就能查出来的。

一直没有作声的王才突然开口了,不要了,不要找警察了,他说,钱是我借用的。

咦咦,田二伏说,你偷了我的钱,这算是借用吗?

哎呀呀,田二伏啊,王才一脸的苦恼,我急等用钱,实在等不及你回来了。再说了,我还给你留下二百块的,你自己说过的,这笔钱你暂时也没有什么大用处,你只要买点礼物带回家给父母亲就行了,所以我给你留下了二百块。

咦咦,田二伏哭笑不得。

你自己说的,这笔钱你准备存起来的。

他要生小孩了,陆妹说。

你还给我啊,田二伏说,我要去帮助人家的。

咦,你要生小孩,什么意思?王才说,你还没有结婚呢。

他学人家城里人呀,陆妹说,未婚先孕。

哎呀呀,你什么不好学,就去学这个东西,王才说,你以为学学他们你就是城市人了?

你不要管我怎么样,田二伏说,你还我钱,你不要管我怎么样,这钱总是我的。田二伏说话的时候,他的心里又浮起了马小翠的形象,马小翠脸色苍白,跟从前不一样了。

你这是偷钱,田二伏又说,你怎么能够偷我的钱?

不是我偷的,王才说,我也不知道你的钱放在哪里,钱是小孩拿来的,他拿给我的。

小孩这时候正斗着眼睛冲田二伏笑,田二伏瞪了他一眼,你是小偷,他说。

嘻嘻。

你要抓起来的。

嘻嘻。

你什么时候偷看我藏钱的？

嘻嘻。

还幸亏小孩看见了，王才说，你叫我找，我还真找不到呢，谁想到你会藏在那种地方。

哪种地方？有人问。

王才和田二伏都没有回答他。

你要还我的，田二伏说，你还我就不算你偷钱。

我还不出了，王才说，已经用掉了，要不是急用，我也不会去拿你的钱。

你要还我的。

还不出了。

你要还我的。

还不出了，王才说，田二伏你就给我点面子吧，你又不急着用钱。

你偷钱是不对的，田二伏说，你要还我的。

还不出了。

他们的谈判就一直这样僵持下去。后来王才把别人都赶走了，就剩下他和田二伏，那个小孩呢一会儿进来，一会儿出去，欢欣鼓舞的样子。

你要怪就怪小孩好了，是他拿给我的，王才说。

你要还我的。

还不出了。

你不还好了，我把你小孩抱走，卖掉，田二伏说。

你卖好了,卖了钱分一点给我啊,王才说,他现在的口气有点像个无赖了。

嘻嘻,小孩说。

他们就这样坚持着,但一直没有结果。

第二天早上王才老婆起来就没有看到小孩在床上,咦咦,她想了想,昨天晚上小孩有没有爬到床上来呢?她甚至有点想不起来了,因为每天都一样地过日子,日子平淡无奇了,大家对日子也不会很在意的,昨天怎么过,今天还是怎么过,只有一旦发生了什么,才会想一想日子有没有什么异常。但是她想不起来了,好像小孩是和每天一样爬到床上来的,也好像昨天晚上小孩没有爬到床上来,但是即使是小孩没有爬到床上来,也不足为怪的。因为小孩常常会在别的地方睡一觉,有时候会在灶间的柴堆上,有时候会在田二伏宿舍里,在田二伏的脚跟头。王才的老婆先到灶间的柴堆上看看,没有。她又到田二伏的宿舍看看,也没有,连田二伏也不在。但是王才的老婆不是要找田二伏,她是要找小孩,所以田二伏在不在屋里,她是不会在意的。所以她又走了出来,现在她要去叫醒王才了。

王才啊,她说,小孩呢?

咦咦,王才睡眼蒙眬地看看她,咦咦。

小孩到哪里去了?

他会到哪里去,王才不满意地说,这么早吵醒我。

后来王才反正也已经吵醒了,就不再睡了,他起来四处看看,他会到哪里去呢?

我问你呀。

一会儿就要来的,王才说。

但是他们等了很久,也没有等到小孩出现,王才现在有点认真了,他也想起了田二伏,问问田二伏吧,王才说,他会知道的。

田二伏也不在,王才老婆说。

他们又到田二伏的宿舍里。

可能去买电池了,一个人说。

可能的,另一个也说,昨天晚上他的收音机嘶啦嘶啦的。

那么到小店去看看。他们就到小店里来,问过了,小店里说,没有呀,没有来买电池。

怎么会呢,王才说,就是经常来买电池的那个人呀。

我认得的,小店里说,我认得他的,我晓得他听收音机的,但是今天没有来过。

咦咦,王才老婆说,又去洗头了。

不会的,王才说,洗头店要到九点开门。

他们的脸上开始露出焦急的神情了,他们在小店门前说话,小店里的人和周围的人说,是不是他偷了你们的东西和钱啊?

不是的。

不是的。

那你们急什么呢?

但是他人到哪里去了呢?

那么你们这么急着找他干什么呢,他这么大个人,又不会迷路的。

哎呀呀,他们的话再次提醒了王才和他的老婆。他们说,我们不是找他呀,我们是找小孩,我们小孩不见了。

那就是他抱走了。

他们的话把王才和他的老婆吓了一跳,他们马上摇头了。

不会的。

不会的。

咦咦,他们说,你们怎么脑筋转不过来的呢,这不是明摆着的吗,一个大人没了,一个小孩没了,那肯定是这个大人把这个小孩抱走了。

就是呀,总不会是这个小孩把这个大人抱走了,另一个人说。

抱到哪里去了?

抱去干什么呢?

那要问你们了,我们怎么知道,他们说。

不会的吧。

不会的吧。

大家的思路往一条路上走了,就有点紧张了,哎哟哟,有一个人说,不要是拐卖噢。

不可能的。

不可能的。

哎哟哟,另一个人说,不要是绑架噢。

不可能的。

不可能的。

哎哟哟,不要是谋杀噢,再一个人说。

不可能的。

不可能的。

王才和他的老婆仍然在说不可能的,但是他们的心里却在打鼓了,他们被他们说得心里慌慌的,他们想起田二伏说过的,你不还钱好了,我把你的小孩抱走,卖掉。当时王才说,你卖好了,卖的钱分我一点,现在王才想起这两句对话,他的心抖起来了。

哎呀呀,他叫起来。

快点报案去呀,又有一个人说了。

晚了你小孩就麻烦了,他们都一致地说。

也可能他带他出去玩玩的。

也可能他带他去买玩具的。

哎呀呀你们,他们说。

这样王才和他的老婆就慌慌张张地回去了,他们把小店里的人的想法和说法都说了出来,饭店里的人就轰动起来了,他们很激动,开始议论纷纷。

想不到田二伏会做这样的事情啊。

平时倒看不出他是这样的人啊。

你们放屁啊,陆妹说,她是属于坚信田二伏的一派,跟她意见相同的也有几个人,持反对意见的也有几个人,他们争论起来,陆妹差一点要哭出来了,而且她说话就很难听了,她甚至要骂人了。

哎哟哟,被陆妹骂了的人说,陆妹你这么起劲帮他干什么呀,人家又不喜欢你的。

他不喜欢我我喜欢他的,陆妹说。

嘻嘻。

笑什么笑,陆妹说,反正我不喜欢你。

王才和他的老婆现在心里只是想着小孩,不知道小孩到底怎么样了,但是别人却在为田二伏争论,他们有点伤心,你们一点也不为小孩急的,说田二伏有什么用呢。

咦,他们说,怎么没有用,知道田二伏是哪样的人,就知道小孩要不要紧了呀。

王才看看他的老婆,他的老婆也看看他。

报案吗?

报案吗?

他们仍然在心底里希望田二伏突然出现,他牵着小孩的手说,哎呀呀,缠住我要买什么什么。

或者田二伏并没有出现,小孩倒是从哪里钻出来了,他斗着眼睛笑眯眯地看着他们。

可是他们一等再等,既没有出现这一幕,也没有出现那一幕。

第 10 章

　　现在田二伏带着小孩住在田七的房间里,他们走进来的时候,是这一天的下晚了。房东说,你回来啦?

　　回来啦。

　　这是你的儿子吗?

　　嘿嘿。

　　你儿子不像你啊,房东看了看小孩,有点像你老婆的。

　　嘿嘿。

　　眼睛蛮特别的。

　　嘿嘿。

　　你老婆没有回来吗?

　　没有。

　　咦,房东感觉到味道有点不对,你们不会是那个了吧。

　　什么了?

　　离婚。

　　嘿嘿。

　　你碰到什么好事情了,老是嘿嘿啊。

嘿嘿。

他们穿过房东那儿的客厅,走进自己的房间,这是我们的家,田二伏对小孩说,你看看怎么样。

小孩点点头,嘻嘻,他说。

好也只能住三天啊,田二伏说,三天以后我们就回去。

嘻嘻,小孩说。

他们就住下来了。田七这里都是现成的东西,很方便,还有灶具,可以自己做饭吃的,甚至还有大米,还有油盐酱醋。田二伏现在才有时间回想田七当时的情形,他想田七可能是急急忙忙走的,什么都没有来得及处理。他又想,田七好像是专门为他准备的这个地方,如果没有田七的这个地方,他也不会把小孩带出来的,带出来了,住到哪里去呢?总不能去住旅馆吧,在这个城市里他还有什么地方可以去呢?要是有,也就是小勇和桂生他们的工棚了。现在小勇也已经不在,只剩下桂生一个人,他也不能带了小孩住到那里去的,就算桂生愿意,人家工头到时候也会赶他们走的。还有就是马子平和马小翠了,但是现在他们自己都碰到了困难,都是自顾不暇的。

小孩看着墙上田七贴的明星照片,他认得他们,所以他笑眯眯的,田二伏看了看他,斗鸡眼,他说。

田二伏开了收音机,收音机里正是生活热线节目的医药顾问栏目,有一个医药专家在回答观众的问题,有一个听众打电话进去了,他说,我想问问糖尿病病人饮食方面应该注意的问题。专家就开始回答了,他从头讲起,先讲糖尿病的起因、症状等等,小孩听了听,就去关掉了。

咦,田二伏说,你干什么?

不好听。

田二伏又开了收音机,怎么不好听?他说,有用的,万一谁生了糖尿病,可以提供给他的,所以,他把笔记本拿到小孩面前给他看看,你看,你看,我都记下来的。

不好听。

你不懂的。

我要看电视。

没有电视。

我要回家。

你不能回家的,田二伏说,你一回家,我的计划就要落空了。

小孩就不说话了,他觉得很无聊,他拿了田二伏的笔,在明星的照片上画来画去,田二伏看着小孩,他说,今天都带你玩了一整天乐园了,你还不满意啊?

不满意。

那我明天再带你去玩。

不要。

动物园。

不要。

植物园。

不要。

太空园。

不要。

恐龙园。

不要。

后来田二伏的收音机里发出了嘶啦嘶啦的声音,小孩回头看看他。

没有电了。

我帮你去买。

田二伏拿了两块钱给小孩,小孩不要,他居然从自己的口袋里拿出了一点钱,对田二伏扬了扬。

咦,你也有钱的?

小孩就往外走了,田二伏不放心,对他说,你不会逃回去吧?

嘻嘻。

田二伏说,你逃也逃不回去的,你又不知道家在哪里。

嘻嘻。

你逃好了,田二伏说,就算你逃回去,我还是可以把你再捉过来的。

嘻嘻。

小孩走出来,碰见房东,房东说,喂,你爸爸是做什么的啊?

不做什么。

噢噢,房东说,我知道了。

小孩走了出去,他来到小店里,买了两节电池,小店里的人看了看小孩,咦咦,这个小孩,斗鸡眼啊,他们说。

喂,小孩,他们说,你买电池做什么呢?

肯定是放在玩具里的,另一个人说。

现在的小孩,真是开心,再一个人说,玩的东西不要太多噢。

小孩付了钱,拿了电池就往回走了,他在回来的路上买了几个包子,一路吃着回来了。

换上新的电池,收音机的声音又清晰了,现在是晚间新闻节目了,田二伏好像到这时候才注意到时间,他看了看手表,哎哟哟,已经七点了。他说着的时候,心里忽然忽悠了一下,喂,他推了推小孩,你说,你爸爸妈妈会不会找你?

小孩趴在桌子上打瞌睡了,他抬起眼皮看了一眼田二伏,又合上了眼皮。

他们找不到你会不会着急?

他们找不到你会怎么样呢?

他们会不会不找你呢?

要是他们不找你,我就没有办法了,我只好对你爸爸说,算我输了,钱你拿去吧,你愿意什么时候还就什么时候还。你如果一定不肯还我,我也没有办法了。

小孩又抬起眼皮看看他,然后再次合上了眼皮。

田二伏说,哎,我给你讲个好玩的事情啊,也是我听广播听来的故事。有一个人啊,也是外地来的民工,他没有钱用了,就想去抢劫人家的钱,但是他又怕打不过人家,抢不到钱,他就想了一个办法,买了一包胡椒粉,往一个人的眼睛里一撒,那个人眼睛里被撒进胡椒粉,肯定很疼的,就松开手了,钱就被抢去了。但是他虽然眼睛疼,嘴巴还是能叫喊的,他就大叫起来,边上的群众就冲上来,把那个抢劫的人抓住了。抢劫的人没有办法了,就把抢到的钱还了,他还了钱就准备走了,人家说,啊,你想走啊,他说,咦,我钱都还了,不走怎么样呢?人家说,以你这样的情况,用胡椒粉抢劫,至少判十五年啊。那个人一听,傻掉了。喂,你说说这个人,你说说这个人,叫我怎么说呢,是不是一个典型的法盲啊。

小孩发出了轻微的呼噜声。

唉唉,田二伏想,到底是个小人儿,一会儿就睡着了。

田二伏还不想睡呢,他一直在听广播,仍然是老习惯,他喜欢边听边记录的。后来就到了晚间新闻,那是夜里九点半播的节目,这个节目田二伏是喜欢听的,因为都是千奇百怪的社会新闻,比如说,一个老太太为了抢占风水好的坟地,就去自杀;又比如,一个丈夫日子过得无聊,去征婚玩玩,妻子一怒之下和他离了婚;还有一个人上了公共汽车,因为太挤,他和一个女同志贴在一起了,他的裤子纽扣钩住了女同志裙子的拉链,把女同志的拉链拉下来了,人家骂他流氓,被打了耳光,等等。世界之大,真是无奇不有,田二伏听这个节目的时候,常常会这样想。

现在又到了这个时间,田二伏听出今天播音员的声音与往日有一点不同,她好像有点激动。他想,今天可能有什么比较重要的事情了,这是田二伏的经验。果然的,播音员说,首先播送一条最新消息,本市今天发生一起儿童绑架案。此事发生在今天早晨,城西一家饮食店店主夫妇起床后,找不见儿子,后来发现本店的一名职工也失踪了,此名职工曾经多次威胁事主,要绑架他们的儿子。

咦咦,田二伏想,这个人太不像话了。

播音员继续说,公安部门希望广大群众积极配合,发现可疑情况,立即拨打110向他们反映和举报。

接下来,还没等田二伏回过神来,播音员就报出一个名字,就是那个绑架儿童的罪犯的名字,她说,绑架者名叫田二伏。

咦咦,田二伏想,怎么也叫田二伏呢?

还不等田二伏回味过来,紧接着播音员又播了被绑架儿童的名字,她说,他叫王树桩,六岁。

王树桩?田二伏的心头好像掠过一个熟悉的东西,他又跟着重复念了一遍,突然吓了一跳,他急忙去推小孩,喂,你醒醒,你醒醒。

小孩嘴角淌着口水,朝他看了看,又要闭眼,田二伏说,你不能睡,我问你,你叫什么名字?你好像是叫王树桩的,是不是?我听见他们叫你树桩的,你是不是叫王树桩?喂,喂,你不能睡啊。

小孩不再睡了,他醒过来,笑眯眯地看着田二伏,嘻嘻。

不能笑了,田二伏说,出大事情了,他们以为,他们以为我绑架你了。

嘻嘻。

我没有绑架你啊,田二伏说,你要给我作证的啊,我只是想吓唬吓唬他们的,谁叫他们偷我钱的呢?

嘻嘻。

我还带你去玩乐园呢,田二伏说,这怎么能算绑架,乐园一张门票要三十块,我们两个人进去六十块钱,我还给你吃了饮料和快餐,绑架能有这样好吗?

嘻嘻。

本来我要带你回去的,田二伏说,现在怎么办呢?

嘻嘻。

你怎么只会嘻嘻,你说怎么办哪,现在公安局肯定都守在你们家里,我们一回去就要被抓起来的。

嘻嘻。

我不是法盲,我不像那个撒胡椒粉的人啊,田二伏说,你不要以为我也不懂法的,我是天天听法律热线的啊。

嘻嘻。

我不跟你说了,田二伏说,跟你说你也不懂的,我只是晚了一步,我本来是要打电话告诉他们的,我过两天就要带你回去的,本来我想听完晚间新闻就去打电话的。

嘻嘻。

我知道你是要想回去所以你开心的，你笑得像个傻子，可是你有没有替我想想，我回不去了呀。

嘻嘻。

你想回去你现在就走好了。

嘻嘻。

你不认得回去的路是吧。

嘻嘻。

我可以帮你出去叫一辆出租车，车钱我来出好了，但是如果人家把你拐走了，不好怪我的啊。要不然只有我送你回去，但是我不能走近你家的，我只好远远地把你放下来，我可以看着你走进去，我才走开。你进去以后肯定要告诉他们我就在不远的路上，他们会来追我的，就算他们追不到我，你会告诉他们我住在这个地方，他们也会来找到我的。反正你看着办吧，我是没有办法了。

嘻嘻。

如果不想让他们追到我，你就不能告诉他们，但是你肯定是要告诉他们的，怎么办呢？我是没有办法了，除非你能保证你不说话，你像个哑巴一样的，你想说也说不出来，你又不会写字，或者你像个呆子一样，你什么也不懂，你也不知道我这个地方是田七给我住的，你也不知道田七是谁，你也不知道这个地方是什么地方，这样我倒也放心的。他们就算问你，你也说不清楚，你只会吱吱呀呀的，他们也拿你没有办法。可是呢，你又不是哑巴，你又不是呆子，你肯定会告诉他们的，这样我就没有办法了。

嘻嘻。

但是我总是要想出办法来的，首先就是我不能让你回去，不能让别人再见到你，我把你关在这里，要出去就我自己出去，因为他们不一定能认出我来，而你是太容易被人认出来了，为什么你知道吗？

嘻嘻。

因为你是个斗鸡眼呀。

嘻嘻。

不过你放心啊，我不会让你饿肚子的，我又不是真的绑匪，就算真的绑匪，也要给人质吃东西的，要不然如果人质饿死了，他就拿不到钱了。喂，你说我说得对不对，你是不是认为我是有这方面的知识的，不过只是知识而已，可不是什么经验，你不要以为我是一贯做这样的事情的啊。

但是我出去的时候，你要是逃出来怎么办呢，我只能把你绑起来了，绑起来你嘴巴里叫喊怎么办呢，嘴巴里要塞一块手帕的，那样就真的像绑匪了，要是房东看不见你问我你到哪里去了，我就说你回乡下去了，但是如果房东也听到了广播呢，或者他是不听广播的，但是如果电视新闻里也播了呢，他们肯定是要看电视的呀。还有报纸上也会登出来的，房东如果知道了这个消息，他会怎么想呢，他马上就会联想到自己的房子租给了什么人，他一想那个房客带着的小孩是个斗鸡眼呀，他一想哪有这么巧的事情呢，房东这么想着，他会吓出一身冷汗来的，为什么你知道吗？因为他想到自己的家里竟然住了一个绑匪，肯定是要害怕的，换了你，你也会害怕的，换了我，我也要害怕的，但是房东怕归怕，总是要想办法的，他就壮着胆子悄悄地走到我们的房门口，听听有没有动静，他听到没有动静，他就溜出去了，你知道他溜到哪里去吗？

嘻嘻。

你没有脑子的,你是不是得过脑膜炎啊,这还用问吗,他肯定是去派出所啊!

嘻嘻。

也可能直接到外面去打110了。

嘻嘻。

不过还是有另外一种可能的,就是我们的房东他没有听广播,也没有看电视,他什么都不知道,他一直还以为我是田七的丈夫,你是田七的儿子呢,那样是不是就可以高枕无忧了呢?不能的,你想想,是不是还有别人会泄露我们的行迹呢?

嘻嘻。

你怎么会想得到呢,你是笨蛋呀,田二伏说,我告诉你吧,还有那个卖电池给你的小店呢,小店里的人也会想起来的呀,他们想,哎,下晚来买电池的那个小孩,不就是斗鸡眼吗?他们继续往下想,这个小孩以前我们没有见过呀,从前好像不是住在这一带的,今天晚上是头一回见着,他们这么想,警惕性就会提高起来,他们会议论纷纷,而且又紧张又兴奋,最后他们中间会有人提出,报警吧。

然后地段上的派出所会挨家挨户地过来查问,他们查到房东这里,房东会说,我这里不会有什么绑架案的,警察说,据说你有房子出租的,房东说,那是田七和她的丈夫还有他们的儿子呀,但是警察的警惕性肯定是很高的,他们不会放弃一点点的线索,他们就会把门敲开。

他们就看见了你和我,也许开始他们不能确认我是不是他们要抓的那个人,那个田二伏,因为我脸上并没有写着田二伏三个字呀,但是他们照样会马上确定下来,你知道为什么吗?

嘻嘻。

就是因为你的斗鸡眼呀,人家一看见你就要笑的,人家一笑就会想,咦,这个小孩是斗鸡眼呀,接着他们又往下想,咦,那个被绑架的小孩也是斗鸡眼呀,正是他,这样他们就扑上来了,我们就被抓住了。

小孩已经不再嘻嘻了,因为他又睡着了,田二伏把他抱到床上,替他盖了被子,田二伏坐下来想,我要好好想一想了,到底怎么办。但是他还没有来得及想,激烈的敲门声就响起来了。

不好了,田二伏心慌得腿都发软了,他想站起来去开门,但是站也站不起来了。

快开门,外面的人说,我们知道你在里面的。

门已经打开了,是小孩开的,田二伏还没有注意到他,他已经一溜烟地从床上下来,去开了门了。

真的是警察来了,他们进来就上前揪住田二伏的胳膊,哎呀呀,田二伏疼得大叫起来,你们轻一点啊。

老实一点,警察说,你是老金吧?

咦,咦咦,田二伏看了看警察,他没有听懂他们说的话。

说你是老金。

老金?田二伏摸不着头脑了,我又不姓金,我不是老金,他说,你们可能搞错人了。

老金也不一定姓金,警察说,你不是老金吗,那你是不是田七的丈夫呢?

我不是田七的丈夫,田二伏说,你们搞错人了。

咦咦,警察去把房东叫了进来,喂,他们说,你刚才说他是田七的丈夫,是田七的丈夫,就是老金,是老金就是田七的丈夫。

房东朝田二伏看看,我问过你的,你说是的,我还问小孩是不是你们的儿子,你也说是的。

我没有说是的,田二伏说,你仔细想一想啊,我没有说是的。

房东认真地想了想,他现在有点想起来了,他说,是的,好像是的,好像你当时只是嘿嘿嘿嘿地笑,没有说是的,我还问你是不是碰到什么喜事了,老是嘿嘿。

警察有点生气地对房东说,那你刚才怎么能瞎说呢。

房东说,对不起,警察同志,对不起,虽然他没有说是的,但是他那种嘿嘿嘿嘿的样子,好像就是承认的呀,我一直就以为他是的,哪里想到不是的。

警察说,你这也太想当然了。

房东说,但是也奇怪的呀,田七租的房子,怎么会给你住呢,你又不是她的丈夫。

是呀,警察也说,你别想蒙混啊,你现在蒙混,一会儿捉进去,你就会老实坦白了。

不是的呀,田二伏说,你们查好了,我不怕的,我肯定不是田七的丈夫,不信你们问小孩好了。

小孩的话不好作准的,他们说,哪有叫小孩作证的。

这时候才有一个警察想起了通缉令,把那个东西拿出来看看,他说,对照一下。

另一个警察就拿了出来,通缉令上有老金的照片,他们对着田二伏的脸比照了一下。

是不大像啊,一个警察说。

主要是身高不对,另一个警察的口气明显有点泄气了,老金只有一米六八,这个人至少有一米七八,喂,你有没有啊?

我有一米七七,田二伏说。

我眼光还是蛮准的啊,这个估身高的警察说。

警察们都泄气了,他们有点自认倒霉了,你不是老金,他们朝田二伏看看,你不是老金,那你是谁?

我是田二伏。

几个警察面面相觑了一下,其中一个说,咦,田二伏是谁,这个名字好像哪里听到过,有点耳熟。

另一个说,管他是谁呢,走吧。

反正也是个外地民工,另一个警察说,这种人都要小心他们一点的。

警察没精打采地往外走了,房东也往外走了。警察走的时候,心里是愤愤不平的,他们说了一些话。

这些外来民工,不安分的。

外地人麻烦实在多,我们忙得屁股都坐不着凳子了。

他们又跟房东说,喂,居民里互相关照关照啊,要过年了,自行车小心点。

是的是的,房东说,外地人手脚不干净的。

他们一边说一边走出去了。他们在的时候,小孩是一直在床上的,也不知他睡着没有,反正他也没有说话,但是到了这个时候,小孩忽然跳了起来,从床上跳到地上,又奔到桌子边,张开嘴大叫起来,啊啊。

田二伏情急之下,急忙去捂住他的嘴。小孩也急了,他说不出话来,就有点手舞足蹈,他的手胡乱地挥着,一会儿指向床上,一会儿指指别的什么地方。田二伏说,我不管你怎么样,反正不能让你说话,反正不能让你把他们叫回来的。

小孩挣扎着想要说出话来,想要叫出声来,但是田二伏死死地捂住了他的嘴,掐住了他的喉咙,还压住了他的手脚。我不好给你叫出来的,他说,我也不好给你挣脱开来的,你一叫出来他们就要回来捉我了。

后来终于警察和房东都走远了,他们再也听不到小孩的叫声了。田二伏这才放开手,他对小孩说,你搞什么鬼,指着床上干什么呀,床上有什么呀?他一边说一边过去掀开被子,哎呀呀,一股臊臭味,你尿床啦?田二伏捂着鼻子说,你这个小孩不好的,怎么尿床了呢,这么冷的天,叫我晚上怎么睡觉呢?他一边说着,一边推小孩,喂,喂,你不要装睡了,你拆的烂污你自己要负责的啊。

小孩趴在桌上不吭声。

田二伏说,你怎么又睡着了?你是不是前世里没有睡过觉啊。

小孩仍然是一动也不动,田二伏去掰他的头,他的头软绵绵地耷拉着,田二伏去摇晃他的胳膊,他的胳膊也软绵绵地挂着,田二伏再去推他的身体,他的小小的身体扑通一下就倒在地上了。

田二伏的心口像是被电击中了,又麻又痛,一股滚烫的东西一下子奔涌到喉咙口,田二伏听到自己带着哭腔的声音在说,你不要吓我啊,你不要吓我啊。